緋の舟

往復書簡

志村ふくみ
若松英輔

HI no FUNE
CORRESPONDENCE

SHIMURA FUKUMI
WAKAMATSU EISUKE

求龍堂

緋の舟
往復書簡

INDEX
目次

第1信……007
008―京都 二〇一四年 五月十九日
010―東京 二〇一四年 五月二十二日
第2信……015
016―京都 二〇一四年 七月二十日
018―東京 二〇一四年 七月二十三日
第3信……023
024―京都 二〇一五年 一月十二日
031―東京 二〇一五年 一月二十一日
第4信……041
042―東京 二〇一五年 二月七日
048―京都 二〇一五年 二月十二日
第5信……054
055―東京 二〇一五年 三月八日
063―京都 二〇一五年 三月十四日
第6信……069
070―東京 二〇一五年 四月七日
080―京都 二〇一五年 四月十三日
カラー口絵……085

第7信 …… 101
102 ― 東京 二〇一五年 五月七日
109 ― 京都 二〇一五年 五月十七日

第8信 …… 114
115 ― 東京 二〇一五年 六月三日
123 ― 京都 二〇一五年 六月十日

第9信 …… 128
129 ― 東京 二〇一五年 七月八日
138 ― 京都 二〇一五年 七月十日

第10信 …… 145
146 ― 東京 二〇一五年 八月五日
156 ― 京都 二〇一五年 八月七日

第11信 …… 160
161 ― 東京 二〇一五年 九月九日
169 ― 京都 二〇一五年 九月十五日

第12信 …… 176
177 ― 東京 二〇一五年 十月六日
188 ― 京都 二〇一五年 十月十五日

対談　魂の言葉を食べる …… 195

鍵の海 …… 221

ブックリスト …… 267

あとがき …… 276

ひさかたの天の川瀬に船浮けて今夜か君が我がり来まさむ——万葉集

ブックデザイン　島田　薫

第1信

京都
二〇一四年 五月十九日

この季節に染めるからすのえんどうや八重葎《やえむぐら》、現のしょうこなど、日に日に延びざかり、そぞろ心をときめかし、野に出て草々を摘んできては染めております。その萌えいづるうすみどりのうるわしさ、おめにかけたく存じます。

このたびは井筒先生の禅仏教のご本やシュタイナーの黒板絵、「文學界」などお送り下さいまして、ありがとうございました。早速拝読いたしましたのは伊原昭さんのことが、のせられている箇所です。井筒先生が色彩の窮極の世界を鮮やかな色から色なき色へと移りゆく姿をとらえ、そこに伊原さんの存在を見出して下さったことが、何か私自身のことのように粛然とする思いでした。まさに今、ここにおりますと申したいくらいでした。

『生きる哲学』の辰巳芳子さんのことをお書きになりました章は、胸に刻みこまれるようで、食の哲学がまさに色の哲学とあまりに近く、この数日、学校の中で問題になっている、色をいかにして伝えるか、マニュアルを求める生徒さんにどうしてわかっていただけるかと悩んでおりましたことの解答のす

伊原昭 236
辰巳芳子 245
食 244

べてが答えられているようで、二度、三度よみかえしました。若松さんが先月『イエス伝』で最後の晩餐のことをお書きになって、つよく胸を打たれましたが、そのあたりと見事につながっているようで、このようにお書きになったものが直接生きることにつながっているのは、今生あるこの時にこそ伝えることだということに思い至りました。切実に生きるからこそ、これらの文章は力をもって響いてくるのです。かずかずのご厚情を感謝しております。伊原さんには早速お送り申上ます。どんなにか喜ばれることと思います。今月は郡山美術館や近江などでお話しをしたり、あっという間に六月に入りそうです。

石牟礼さんにお会いになりますこと、本当にうれしく存じます。
くれぐれも大切になさって下さいませ。

志村ふくみ

若松英輔 様

『イエス伝』／最後の晩餐 245

東京
二〇一四年 五月二十二日

忙しさにかまけて、人が季節の往来を見過していても、植物たちが見過してはならないと訴えて参ります。木々のみどり、花の香り、木々から洩れる光が、何か大切なことを忘れてはいまいかと問いかけて来るように感じられます。

先日は、美しいお手紙をありがとうございました。また、拙文をお読み頂いていているだけでなく、過分なお言葉を頂戴し、恐縮です。

先生からの書簡を拝読することは私にとっていつも、一つの人生の出来事です。そこに記された言葉が、自らの内にあって、見過している大切なものを照らし出してくれるように思われます。

美術館で、先日お送りした図録に収められておりますシュタイナーの黒板絵を見て参りました。当然と言うべきなのでしょうが、先生の作品世界とシュタイナーの絵の秩序が響き合うように感じられました。ご存知のとおりシュ

シュタイナーの黒板絵 086

タイナーは、色に止むことのないエネルギーを感じる人物でしたので、彼がいかに全身でうごめく世界の律動を感じていたかを、それぞれの黒板絵は示していました。会場では、これらを前にふくみ先生がご覧になったらどう感じるだろうかとたびたび思いました。

世界は一瞬たりとも止まることがありません。むしろ、止まることができないのがこの存在世界の宿命だと言う方が精確です。

世界 240, 246, 250, 253, 259

しかし近代は、世界を静止した状態でとらえようとします。動かない表象を認識することで安心する。そうした傾向が強くある。ここには単に、誤認であるといって終わりにできない問題が横たわっているように思われるのです。

お手紙でマニュアルを求める生徒さんがいると書かれていました。マニュアルを求めるという姿勢が、すでに世界を再現可能な領域で理解しようとしている傾向のあらわれだとも言えます。

そうしたことを責めることが余りに酷なほど、現代の教育は、もっとも貧しい意味での「科学」——シュタイナーがいう神秘学の極である「科学」とはまったく別な——に席巻されているのです。芸術学校「アルスシムラ」をお始めになられたのも、こうした時代の混迷に対し、静かに立ち向かわれたからだとお察ししております。

神秘学／科学 230

大学でも専門学校でもない開かれた場で、芸術が人間に宿るような営みが行われなくてはならない。それは時代の急務であるとも思います。

直面する現実の諸問題に哲学がどう応じることができるか、それが井筒俊彦の根本問題でした。ここでの「哲学」とは、永遠の眼をもって世界と交わるということです。彼はそうした営みにおいて、芸術のもつ固有の働きを信じていた人物でした。

井筒俊彦 237, 250, 260

お送りした『禅仏教の哲学に向けて』には、色をめぐって井筒俊彦が、もっともはっきりと発言した講演の記録が収められています。基となった講演は英語でした。お書き下さったように、色の文学、あるいは光の文学といってよい『源氏物語』と伊原昭さんの論考にふれながら、色の源泉である「色なき色」に井筒は言及しています。

色なき色 236

まったく同質のことを、先週、夕食をご一緒したとき先生はおっしゃっておられました。そのお話をうかがいながら、先生と井筒が対談することがあったならと思わずにはいられませんでした。しかし、この井筒俊彦の論考をふくみ先生がお読みになれば、時空を超えて「対話」は実現するのではないかと思った次第です。

「色は、光の受苦である」というゲーテの言葉をふくみ先生から教えていただきました。そうしたゲーテ、あるいはふくみ先生の実感は、そのまま井筒俊彦にも生きているように感じられます。

近頃、辰巳芳子先生ともお会いしますが、二人でしばしばふくみ先生のお話を致します。

おふたりは、植物を媒介にして、食と色というそれぞれの世界を生きていらっしゃる。別なところから、自然が、植物が、崇高な存在であることを語ってくださっています。また、そうした生命観に根差しながら昨今の日本の状況に鑑み、平和の問題の重要性を強く訴えられるところも共通しています。

長くなりました。遠からず、熊本に参って石牟礼道子さん、渡辺京二さんにお目にかかります。

こうしたご縁もふくみ先生、洋子先生との出会いに導かれたものと感謝しております。先生の『ちよう、はたり』にある石牟礼さんをめぐる文章は、私には、もっとも優れた石牟礼道子論のように思われます。

光の受苦 229
ゲーテ 228

ますますご多忙かと存じますが、くれぐれも御身大切になさってくださいませ。

若松英輔

志村ふくみ様

第2信

京都
二〇一四年　七月二十日

このところ京都特有の重い暑さが続いております。

東の方はいかがかと案じております。


先日は一夕をご一緒にすごさせていただき、馳走様になりまして、ありがとうございました。

また本日は、リルケの『果樹園』、堀口大學という美しいサインまで挿入されている貴重なご本をお送りくださいまして、感動しました。

装幀の品のよさ、昭和十七年発行の限定六十二部、一九二六年春にはじめてフランス語で書かれた詩篇なのですね。

一輪の薔薇の花も象徴的です。大切にいたします。昨夜からずっとよみつづけていますが、訳が原語を凌駕して、もしかしたら私の勘ちがいかもしれませんが、心にとどかぬうちに別のリルケ—堀口の間を、戸惑いつつ、ゆきつもどりつしております。

その中で、ふと果樹園の扉があき、さまよいこむのですが、やはり、よく意味のわからない独特のいいまわしにまどわされます。若松さんはこういう秀《すぐ》れた翻訳者の詩をよみ、そのまま受入れられるのでしょうか。原語でよめたら、と思います。こんなことを申上るのは私だけでしょうか。勿論素晴しい詩が文句なく心に響いてくるのもあるのですが。

それにしても私はこの御本そのものを愛します。

リルケがそこに住んでいるのですから。


先日、裂《きれ》をお渡しできなかったので方々をさがすのですが、どこかにまぎれこんでしまいみつかりません。

別の裂をみつけましたので、ブックカバーと共にお送りいたします（拙ない継方ですが）。

一つは大瀧さんにさし上げて下さいませ。

くれぐれも御大切に。

志村ふくみ

若松英輔 様

東京
二〇一四年　七月二十三日

昨年ほどではないと思われますが、東京も暑さが厳しくなって参りました。京都の暑さは、ときに苛酷にも感じられますが、嵯峨野はずいぶんと様子が異なり、おじゃまするたびにいつも、静かな風の声を聞く心地が致します。すてきなブックカバーをお送り頂き驚きました。望外の贈りもので、大瀧ともども歓喜しております。使わなくてはもったいないのですが、もったいなくて使えないと話しております。護符のように近くに置いておきます。ほんとうにありがとうございました。

改めまして、京都賞受賞、おめでとうございます。こころからお祝い申し上げます。月並みですが、わがことのようにうれしく、また誇らしく思います。ふくみ先生の業績が、国内はもとより世界において強く影響力をもつ舞台で高く評価されたことが、じつに喜ばしく感じられます。

昨今、ノーベル賞を日本人が獲るか否かという話がしばしば出ますが、平和を祈念するために創設されたこの賞の意味を語る人は、ほとんどおりません。さらに、美の使徒である芸術家がノーベル賞から除外されていることも忘れられがちです。

画家、彫刻家、音楽家など、美をもって世界に語りかける人々が枠外にあり、活字、数字など、物理的な現象として誰の眼にも同じように映ることが評価される。このことは現代のもつ問題の一面を良く照らし出しています。

京都賞受賞のニュースを聞いたとき、まず、思い浮かべたのは先生と共に働き、見守って来た人々のことでした。洋子さん、そして歴代の工房で働いた人々、そして柳宗悦はもちろん、富本憲吉、黒田辰秋、青田五良《ごろう》といったふくみ先生の師となった思想家、名工たちもいっしょに受賞されたのかと思い、うれしく感じられました。

なかでも画家でもいらしたお兄様小野元衞《もとえ》さんとお母様の喜ぶ顔が、はっきりと見えるようです。名なき無数の民衆から志村ふくみに流れ込み、そしてふくみ先生から流れ出る伝統の意味が、ようやく認められたのだと思います。

お送りしたリルケの詩集は、古書店で偶然買い求めたものです。端正な、しかし、しっかりとした装丁はおそらく、訳者である堀口大學の好みでもあると思います。

嵯峨野のお宅でお目にかかって先生とリルケのお話をさせていただくのは本当に幸せなひとときです。時折、リルケが、空いている椅子に臨席しているように感じられることがあります。

先生の『一色一生』をはじめて手にしたのは二十代で、もう四半世紀ほど前ですが、ふたたび先生を強く感じたのは、震災のあとに出された『晩禱　リルケを読む』を手にしたときでした。

注文していた本が届き、あるページを開いたら、自分の名前があるではありませんか。あれほど驚き、またうれしかったことはありません。まだお目にかかったことがないにもかかわらず、その瞬間に先生と言語とは異なる「コトバ」でお話しさせていただいたような気にもなったくらいです。リルケに感謝したことはいうまでもありません。

先に頂いたお手紙に先生は、

「それにしても私はこの御本そのものを愛します。

リルケがそこに住んでいるのですから。」

『一色一生』226, 228, 258

郵便はがき

料金受取人払

麹町局承認

7043

差出有効期間
平成29年5月
31日まで
(切手不要)

102-8790

128

〈受取人〉
東京都千代田区紀尾井町
三―二三
文藝春秋ビル新館一階

株式会社
求龍堂
行

お名前(フリガナ)	年齢 歳	性別 1.男性 2.女性

郵便番号	電話番号

ご住所 都道府県

ご職業　該当する全ての項目に○をつけて下さい。

1. 学生(小・中・高・大)　2. 会社員　3. 公務員　4. 自由業
5. パート/アルバイト　6. 主婦　7. その他(　　　)

本書を何でお知りになりましたか?

1. 新聞(　　　)　2. 雑誌(　　　)　3. 書店店頭
4. 知人の紹介　5. メール　6. ホームページ　7. その他(　　　)

1ヶ月に購入する雑誌以外の書籍の冊数　およそ(　　　冊)

お送りいただいたご意見ご感想は当社の出版活動の参考にさせていただき、個人情報を適切に保護、管理いたします。

求龍堂 読者カード

●本のタイトル

●本書をお読みになったご感想をお聞かせください。

内容…1．大変満足
2．満足
3．やや満足
4．不満

価格…1．価格は気にしなかった
2．これ以上高ければ買わなかったと思う
3．もう少し高くても満足すると思う
4．類似書と比べて安いと思う

●本書をご購入いただいた理由をお聞かせください。

1．著者名を見て
2．表紙を見て
3．帯を見て
4．広告を見て
5．書評・紹介記事を読んで
6．その他（　　　　　　　　　　）

●ご意見、ご感想などございましたら、お聞かせください。

●このハガキに記載していただいたご住所・メールアドレス宛に、今後当社から新刊情報や読者モニター募集などのご案内を差し上げてもよろしいですか？

1．はい　　2．いいえ

e-mail<PC>

e-mail<携帯>

●お客様からいただきましたご感想を当社広告、宣伝等でご紹介させていただいてよろしいでしょうか？　掲載させていただける場合、掲載可能なものに○をつけて下さい。

お名前・イニシャル・年齢・ご職業

●ありがとうございました。

しりあがり寿の現代美術　回・転・界

著／しりあがり寿

「しりあがり寿の現代美術　回・転・展」の公式図録兼書籍。「弥次喜多」を始めとする過去の代表作原画をカラーで掲載し原画の味わいを再現。描き下ろしマンガ34ページ収録。その他オマケも多数掲載！

●B5変型　並製本　144頁（図版約90点）　定価（本体2,300円+税）

川端康成と伊藤初代　初恋の真実を追って

著／水原園博

若き日の川端康成が愛した女性、伊藤初代。この恋愛が孤独な青年を真の小説家に変えた。川端文学を紐解きながら、二人の恋とその後の真相を追う旅。川端の死生観、初代の真の姿、秘められた恋が明らかになる！　初公開の豊富な写真資料とゆかりの地の写真で辿る文学紀行。

●A5判　並製本　368頁（図版320点）　定価（本体2,600円+税）

静物画にひそむ謎。

監修／福岡市美術館

福岡市美術館による特別展「物・語　近代日本の静物画」展の図録兼書籍。日本を代表する画家……高橋由一、川村清雄、岸田劉生、古賀春江、坂本繁二郎など、97点の珠玉の作品を収録。静物画にひそむ冒険的な「表現」と「主張」を軸に、まったく新しい美術鑑賞を体験！

●B5判　並製本　160頁（図版97点）　定価（本体2,500円+税）

MIYAKE ISSEY展：三宅一生の仕事

監修／三宅一生、青木保

グラフィック、彫刻、テキスタイル-さまざまなジャンルを統合し、人間の体に一番身近なデザインとしての「服」を表現メディアとするデザイナー・三宅一生。彼の主な仕事を知ると同時に、その魅力を根本から再発見する公式図録兼書籍。

●297×225mm　並製本　248頁（カラー170点）　定価（本体2,593円＋税）

いざというときに身を守る　気象災害への知恵

著／伊藤佳子、鈴木純子

著者は気象予報士でもある文化放送アナウンサー。今こそ本気で備える！　ラジオの現場で報道してきた２人が気象災害の事例をあげながら、二度と同じような被害に遭わないように気象災害から身を守る対策をご紹介します。

●176×118mm　並製本　208頁（口絵４頁、巻末付録付）　定価（本体1,100円＋税）

Webサイトでは、出版物のご案内のほか、オリジナルグッズ、関連イベント情報など随時掲載しています。
http://www.kyuryudo.co.jp　http://twitter.com/kyuryudo

株式会社求龍堂
〒102-0094　東京都千代田区紀尾井町3-23　文藝春秋新館1階
TEL. 03-3239-3381㈹　FAX. 03-3239-3376

（定価はすべて税抜です）

と書いてくださいました。私は先生の『晩禱』にも同じ感慨を覚えずにはいられません。先生が書かれるコトバもさながら、あのとき一冊の本をもってリルケを論じたこと自体の意味を、私は今も、しばしば噛みしめています。

詩作とは、天使と死者から託されたコトバを文字に刻むことだとリルケは言いました。それはそのまま先生の染織にも感じることです。震災のあと、死者を真摯に語り、語り続けたのが、先生と石牟礼道子さんだったことも、私にはとても意味深く感じられます。

先だって石牟礼さんにお目にかかって来ました。

どんなことをうかがおうかと思い悩んでいましたが、気がつけば二時間以上も時間が経っていました。何を話したかは、録音がありますので確かめられるのですが、問題は何が話されたかにはないことが、お会いしている最中からはっきりと感じられてきました。

部屋に入った当初は、目の前にいるのは高校生のときはじめて手にした『苦海浄土』の作者だ、と胸が高鳴ったのですが、しばらくすると大きな勘違いに気がつきました。石牟礼さんを通じて、水俣病を背負って逝った人々に会っていることが、はっきりと感じられたのです。石牟礼さんを通じて、彼女に寄り添う死者たちと出会う。さらに言えば、私の死者と石牟礼さんの死者が出会う、死者同士の対面でもあることがまざまざと分かりました。

死者たちは、生者の守護者でもありますので、恐ろしいことなどありません。ただ、ときに真摯であることを求められる。

先生とお目にかかっているときもしばしば同様のことを感じます。

長くなりました。お時間をいただき申し訳ございません。

ご多忙かと存じます。くれぐれもご自愛くださいませ。また、お目にかかれますこと心より楽しみにしております。

若松英輔

志村ふくみ 様

第 3 信

京都

二〇一五年　一月十二日

新年おめでとうございます。今年もよろしく御願い申し上げます。

初春に降った雪がいまだにのこっていますが、何となくまぢかに訪れるものがある予感に、野はみちています。いまごろの季節のやわらかい動きを、今朝、臘梅の蕾に感じました。

暮れには、心こもるおたよりをいただき、すぐ机のひき出しに入れて、時々、表記をながめております。何と心のあたたまる一瞬でしょう。

おしよせる波のように、次々と迫ってくるものが、今年もみなの上にやってくるでしょう。心して、心して、生きましょう。

思いつくままの原稿で、よみかえしもせず、とにかくお送りいたします。

よろしく御願い申し上げます。

くれぐれも御大切になさって下さいませ。

志村ふくみ

若松英輔 様

パリ通信　十二月

　空港から枯葉の舞う国道を走りながら、「この頃はどこの国も町の姿は同じね」とつぶやいたとたん、車は広い道路から路地風の狭い道へ曲りました。「変った」と思う間もなく、今までの現代音楽は古典風の短調に変り、うすい灰色《グレー》の紗幕《ヴェール》が降りたかと思うとそのむこうに古い街並と街路樹が浮び上りました。風塵と、永い歴史のあしあとを刻みながら、少しの損失もなく、毅然と、雅《みやび》に並び立つ建築群を前にして、俄《にわか》かによみがえる記憶に私は呼び覚まされました。うす曇りの小雨まじりに濡れた石畳。細い路地。重々しい扉。アパルトマンの窓々。林立する煙突。広告塔。名画のシーンがはりついたような煤けた壁。二十数年ぶりに訪れた私を、パリは何か丁重に迎えてくれたかのような感慨をもちました。

　私達ははじめ町中のアパートを一週間借りることにしていました。黒い扉をやっと鍵をならしながら開けると、奥の方に中庭がみえ、うす暗い階段がつづいていました。ふとみるとそのあたりに蒼惶とした男の後姿がみえ、私には「マルテ・ラウリッツ」のようにみ

灰色 233

えました。ここはトウリエ街から遠いのか、近いのか。時間は一挙にさかのぼって、一八九〇年代、どこか胸の奥の蜘蛛の巣のかかったような記憶が胸をゆするのでした。人は、いくつになっても、いや、年月を経て燻《くゆ》らされた分だけ思い出は濃密になっているのか、若い日、亡くなった兄の切望したパリを七十年ぶりに共に歩いているような錯覚、街角の広告塔に佐伯祐三の鮮やかな筆跡《タッチ》を感じるのも同質のものなのでしょうか、それは決して色褪せず身内に滲みこんでいるのでした。

　翌日私と娘の作品展を行っている日本文化会館を訪れました。はじめての外国での展観なのですが、会場が非常にシンプルに構成されていて、作品とその工程を、経歴や、解説のほとんどない（もしあったとしてもそれはごく目立たず、しかもフランス語だったので）ただ作品そのものをみるという展示だったせいか、何か落着いてみることができました。さすがセンスがよいと思いました。

　翌日講演をしましたが、通訳の女性が素晴らしかったので言葉の壁はほとんど感じず、私達が今日まで享《う》けてきたフランスの文化、絵画、文学、哲学、映画等々の恩恵をぬきにしては語れない、それ

トウリエ街 257
兄（小野元衞） 098, 099, 226, 258

は東西の文化の交流であることを述べ、私は万葉集にはじまる和歌の流れ、源氏物語、能装束、等々の日本の文化によって培《つち》かわれた染織について、娘は中近東やイスラム文化から受けた影響などを語りました。会場から時折、ほぉーっという吐息のようなものがきこえ、何か熱いものを感じました。

ワークショップのこともお伝えしたいと思います。私はかねがねその国の植物、水で染めてみたいという願いをもっていました。先年訪れたときも、マロニエの葉や桜んぼなどで染めたことがありましたが、今回はパリの栗と玉ねぎ、日本から持っていった梔子《くちなし》、茜などで染めました。硬水のせいか実に鮮やかな黄金色や赤茶色に染まり、「これは錬金術？」などとパリの女性は驚きとよろこびで顔を輝かせ、染めあがったスカーフを首にまいてくれました。

短い滞在でしたが、是非訪れたいと思ったのはロダン美術館でした。若き日のリルケがヴォルプスヴェーデから妻子をおいて背水の陣で訪れたのがこのロダンの館でした。私は館に入るなり、リルケがどんな思いでこの偉大な彫刻家の前に立ったか、いきなり巨大な

和歌 225、235、250、265

鉄槌のようなものが下ったと私が感じたことをリルケはそれ以上に感じたのではないかと思いました。「今まで何を見て来たのか！　この彫刻をよく見よ！」と一喝されたような気がしました。

今まで本で読み、写真でみてきたことがいかに空しいか。本物とはこういう無言の力をもつものだと圧倒され、まっ白になった頭の中で今までの知性や教養など一ぺんにふき飛び、それらをかなぐり捨ててもう一ど組み直して来い、本物の仕事とはこれなのだ、と言われたようでした。リルケはここで最初の試練をうけ、「物」に対する思考を徹底的に掘り下げ、詩作の上にも鑿《のみ》や槌《つち》が必要だということに初期の段階で思い至るのでした。

「私は霊感などありません。美しいものだけが美しいのではありません。私はただ仕事をするのです。人にはよく仕事をしましたか、と問うだけです」と。リルケがはじめてロダンに会った時、そう言われたということを思い出し、私は広い庭園の一角にある「地獄の門」の前に立ちつくしました。

物 228, 239, 240

「地獄の門」040, 239

丁度、私達が階段をのぼってその教会の扉を押して入った時、正午の鐘楼の鐘が響きました。

サンテティエンヌ・デュ・モン教会の堂内は今、弥撒《みさ》がはじまったところで、パイプオルガンの荘重な音楽にまじって、人々の祈りと歌声が響いていました。うす曇りの天窓の壮麗なステンドグラスから光が射し、私は引きこまれるようにその深い洞《ほこら》のような空間に溶け入り、頭を垂れ祈りました。周りのすべての人々も石像のように静粛に引きこまれているようでした。

そのとき私は、瞳の中に聖堂の奥で祈っている白い僧服の修道僧がふとこちらに首をむけ、その顔が二十代の兄の顔にみえたのです。目はつぶったままなのにその顔がみえた時、ふしぎとは思いませんでした。「ああ、一緒に来たのね」と思い、うなだれた瞼の中にみるみるあたたかい湯のようなものが満ちてきて、それはこぼれることもなく私の中にとどまり、「言葉はない」とその顔はほほえみながら、永遠に杜絶したかなたから呼びかけましたが、私はここに出会うことが約束されていたかと思いました。今日はクリスマスの前週の弥撒だったのです。

目をあけると先程の僧を中心に白頭の少年が燈《ともしび》をかかげ、もう一人の少年は振香《ふりこう》をゆらしながら聖壇にのぼってゆきました。堂内には乳香、没薬《もつやく》の薫りがみち、三人の修道僧は何か異なる領域からあらわれたかのように思われました。ここはパリの守護聖女、エティエンヌに捧げる聖堂でした。繊細な唐草模様や透し彫りの草花が螺旋階段や、内陣、廻廊に美しくちりばめられ、はるか穹窿《きゅうりゅう》からふりそそぐ光は銀いぶしのように沈んでみえました。

そういえば、あの振香の薫りは朝目ざめたときから私のまわりに香っていました。

いずれ二月には京都でおめにかかれますように。たのしみにしております。いつの間にかみぞれが降り出しました。御大切に。

東京

二〇一五年 一月二十一日

新年あけましておめでとうございます。どうぞよろしくお願い致します。また、昨年の暮れにはパリからのお土産をお送りくださり、まことにありがとうございました。頂いたものを手にし、眺めながら、心温まるとは何ら比喩ではないのだと改めて感じ入りました。

正月は数日、故郷に帰りました。郷里は新潟のはずれで、越後湯沢を越えて行くのですが、川端康成の『雪国』冒頭の光景は今も残っています。それまで快晴だったはずの天気がトンネルを抜けると吹雪に変わっているのです。

先日、日本橋で東山魁夷展がありました。習作や彼が集めたものを中心に並べられていた展覧会なのですが、そこに雪国の風景、それも吹雪のなかに立つ樹木を描いた一枚があり、その前で動けなくなってしまいました。

絵画が美しいのはもちろんなのですが、自分にとっての原風景が吹雪の光景であることがよく分かったのです。魁夷に限りませんが、画家の描く雪国

川端康成 225
東山魁夷 094

は、必ずしも吹雪いているとは限りません。事実、降り積もった一面銀世界の光景を描いたものも同じ会場にありました。その絵にも動かされたのですが、吹雪を描いた一作から受けた衝撃とは比べることはできません。

同様のことは他の画家の絵でも幾度か経験したことがあります。奇妙に聞こえるかもしれませんが、私にとって吹雪は、苦しみを想起させるものではなくむしろ、強い希望を感じさせるものなのです。雪が強く降り、間断なく横なぐりの風が吹く。手足も冷たく、視界は妨げられ、歩くのがやっとなくらいの状況なのですが、同時に、胸には何ともいえない充実が宿り、もう一方で来るべき何かを予感してもいるのです。「吹雪」は、天使の顕現の合図だと認識しているようなのです。

雪 225, 250

ここでの「吹雪」は、容易に先を見通すことのできない、人生の試練です。試練はしばしば困難を伴う。だが、先が見えないという困難こそが、絶対的に待望しているものの到来を告げ知らせているように感じられる。人はいつも、自分が何を求めているかを知っているわけではありません。むしろ、知らないことが多い。しかし、私を守護する何かが、来たるべきものの接近を語ってくれているように感じられることがある。リルケにならって、そうした存在を天使と呼ぶなら、天使の声は試練のとき、もっとも鮮明に、また確かに、胸に響きわたるように思います。

昨年末、十二月二十七日に「色彩の形而上学　志村ふくみと井筒俊彦」と題する講演を行いました。伊原昭先生のお仕事を間に、ふくみ先生と井筒俊彦それぞれが語る「色」と「色なき色」の関係をめぐって話しました。また、今日も小さな集まりで先生の『ちよう、はたり』を読みました。そうしたこともあって、昨年の十二月から先生の文章をまとめて再読しております。そのなかで、改めて強く印象に刻まれたのは次の一節です。

> すべての天使はおそろしい、とは！
> われわれを讃仰《さんぎょう》する天使は何処にいるのか。その勁《つよ》い翼でわれわれを微塵に砕き、それをとるに足りぬこととしているという。――ああ、私はその天使を幼い時から知っている。疑う間もなく信じている自分を怖ろしいと思いつつも、ものごころつく頃、天使の翼のザワッという音を聞いたような気がする。しのびよるその羽音《はおと》、それは必ずやってくる、何がそれであるかわからぬ間に、それだとわかるのだ。　『晩禱』

二年以上前、はじめてこの一節を読んだときのことをはっきりと覚えています。しかし、今回の出合いはそれを刷新するものです。

『ドゥイノの悲歌』でリルケは、「すべての天使はおそろしい」と謳い上げました。しかし、それは先生がお書きになっているように、「恐れ」の対象であるより「畏れ」を呼びさますものだったように思えてなりません。恐怖と畏怖はまったく異なります。前者は人間の魂を蹂躙《じゅうりん》しますが、後者は衝撃とともに自由にむかって私たちを解き放ちます。

この一文を拝読し、また、講演で声に出して読んだとき、私も、幼いときから不可視な隣人の存在を感じていたことを想起しました。そのときを境に、そうした幼年時代を、それ以前よりもはっきりと感じるようになりました。それは今も続いています。

魁夷の吹雪の絵を見たときに胸を貫いたのも同様の感覚です。容易に目に映ることはないが、いつも傍らにいて、ときに、私たちよりも私たち自身に近い存在がまぢかにいる。吉満義彦が、ジョン・ヘンリ・ニューマンという十九世紀の司祭でありカトリックの改革者だった人物が書いた、次の言葉を引いています。

『ドゥイノの悲歌』242, 243

吉満義彦 227, 248

　天使はわれらの間にある。これを看過して一切を自然法則をもって説かんとするは罪である。


天使は確かにいる。それが見えないからといって存在しないかのように暮らすのは「罪」、すなわち、大いなる過ちだというのです。

　こうした言葉をニューマンが残していること自体、すでに天使の忘却が始まっていたことを示しています。吉満義彦にとって死者と天使は同じではありませんでしたが、死者たちは天使的存在だったといえます。先生もそうお感じではないでしょうか。

　お手紙に書いてくださいましたパリでのお兄様との邂逅《かいこう》、あるいは、パリへの随伴と申した方が精確なのかもしれませんが、じつにうれしく拝読しました。先生のお言葉を通じて、私もまた、お兄様にお目にかかったような気さえします。これほど自由に、また近くにいる存在者を「天使的」と呼ばずして、何と表現するべきなのか、言葉が見つかりません。

　私も同様の経験があります。そのとき私は、死者が私に付いてきているのではない、私が彼らに導かれて来ているのだ、と思いました。先の書簡でははっきりと書くことを致しませんでしたが私は、京都賞の授賞式のあいだ、お

見えない 227, 228, 253, 264
随伴 226

兄様の臨在を感じずにはいられませんでした。会場に入り、式が終わるまで熱情を帯びた深い無私の情愛がたしかに会場を包んでいました。

さらに、お手紙を拝受し、喜びとともに深い驚きにつつまれました。それはリルケ、そしてロダンをめぐることです。

今、雑誌に小林秀雄論と柳宗悦論を連載しております。今月脱稿した回が、それぞれまったく異なる論旨にもかかわらず、どちらの話もロダンをめぐって展開するのです。二つの作品が、問題においてこれほど接近するのはきわめて珍しいことです。

先生にはお分かりいただけると思うのですが、書くという営みは、世で思われているほど、書き手の自由にはならないもののように思われます。きっと染織もそうなのではないでしょうか。すでに書くべきことはあって、それをどうにかして、なるべく完全に近づいたかたちで現出させること、それが書き手に託されていることで、単に自らの思いを述べることではないのではないか。最近はことにそんなことを考えております。

ロダンをめぐって書こうと思って机に向かうのではないのです。主題である「ロダン」がどこからともなく、出てくる。そして、その現象は作品をまたいでなお、止むことがない。現に、こうして先生にロダンにふれつつお手紙を書いている次第です。

小林秀雄と柳宗悦は、世間で思われているよりもずっと親しく、また、柳の小林への影響は甚大だといってよいのですが、その間にはロダンがいます。彼らにとってロダンは、もっとも高次な意味における「仕事」の人です。仕事に潜む、深遠な可能性を明示した者だと言った方がよいかもしれません。先生からお手紙を頂いたのは、これらの原稿が手を離れた、その日だったのです。

封筒を開け、そこにリルケを見、さらにロダンの文字を見たとき、胸中にどこかから何かが飛び火したのをはっきりと感じました。それは柳と小林だけでなく、高村光太郎、碌山《ろくざん》荻原守衛《おぎわらもりえ》をはじめ、ロダンによって美に開眼した近代日本の芸術家のこころで燃えていた何かです。

先生からのお手紙を頂く前、なぜか深くリルケを思い、それだけでなく彼の『ロダン』を読み始めていました。

リルケには優れた作品がいくつもありますが、私がもっとも愛するのは『若き詩人への手紙』、『ドゥイノの悲歌』、そして『ロダン』です。この本で語られていることはもちろん愛すべきものなのですが、その形式、原稿用紙百枚程度の批評と講演録という、素朴な、しかし、このかたちのほかには内なる畏敬にふさわしい表現はない、そう思われるほど絶妙な書物だと思うのです。

『ロダン』240
『若き詩人への手紙』258

この本の冒頭、リルケは、十六世紀の人文主義者ポムポニウス・ガウリクスの『彫刻について』と題する本にある、次の一節を引いています。

「文筆家の活動は言葉による、彫刻家はしかし行為による」。

この一節は、文筆家と彫刻家の差異を表層的になぞった言葉ではなく、むしろ、文筆家が言語によって語るように、彫刻家には行為こそが「言葉」だといっているように思われます。

仕事を通じてでなくては語ることができない、何か重大なものを背負って生まれてくる者たちがいる。仕事において人は沈黙しなくてはならないが、そこで生み出されるものは言葉よりも鮮明に、また雄弁に語り始めるというのです。リルケは、ロダンのアトリエの様子をこう書いています。

そこには眠っている石があった。それらはいつか或る最後の審判の日に目をさますのであろうかと思われた。限りある命を思わせる何物をも持たぬ石があるかと思えば、また或る石は動きを持ち、ここにただ仮りに保管され、いつか通りすがりの子供に与えられるはずでもあるかのような姿態の新鮮さを保っていた。

『ロダン』高安国世訳

石は沈黙している。しかし、生きている。それは姿を変え、必要としている者のそばに寄り添おうとしている。このとき石は、彫刻家を用い、わが身に宿っている美を顕現させようとする、というのです。

ここでの「石」を、糸に変えれば、そのまま先生の工房の光景になります。リルケにとってロダンは、美の発見者であり、また、美の体現者でもありました。リルケは、ロダンとの出会いによって生きる意味を新たにし、自らの使命をいっそう深く認識しました。

先生、私にとっての「ロダン」は、志村ふくみなのです。かねてから、志村ふくみ論を書いてみたいと念じておりましたが、今回、改めてリルケの『ロダン』を読み、この様式で『志村ふくみ』を書いてみたい、そう強く願うようになりました。

週末、九州へ参り、翌週のはじめ、石牟礼道子さんにお目にかかってきます。二月、大山崎山荘美術館に参りますとき、お会いできましたらと念じております。急に寒くなりました。くれぐれもご自愛下さいませ。ご無事を心からお祈りしております。

若松英輔

志村ふくみ様

オーギュスト・ロダン
《地獄の門》の前に立つ志村ふくみ
1880–90年頃／1917年（原型）
635×400×85cm
ブロンズ
ロダン美術館（パリ）蔵

第4信

東京
二〇一五年 二月 七日

節分を迎え、暦の上では春になったはずなのですが、寒さはいっそう厳しくなったように感じられます。嵯峨はいかがでしょうか。くれぐれも御身大切になさってくださいませ。

先日、熊本に参り、石牟礼道子さんにお目に掛って参りました。以前お会いしたときよりもお元気そうでしたが、当日は微熱がおありで少し心配いたしました。

しかし、お話しくださる何ともいえない美しい姿には深く魅了されます。前回伺ったときもそうだったのですが、自伝『葭の渚』に収められている自筆の地図を開いて、水俣の街で過ごした日々に見たもの、感じたものをじっくりと語り聞かせてくださいました。ただ淡々と、しかし静かな、そして深い情感を込めて話す姿は、文章には書き得なかったことをどうにか続く者に告げておきたいとの思いに貫かれているように感じられました。

水俣の人々の純心を書き残しておきたい、と石牟礼さんは語ります。家族

石牟礼道子 222, 262

に水俣病を背負う者を抱えながら、日本という国、故郷である水俣、あるいは自身が生まれてきたことに対する深い感謝の念を、実直なまでに抱き続けた人々のことをどうしても書き記しておきたいというのです。

また自分にとって、書くとは内心の思いを表明することであるよりも、どこからともなく自らを訪れる言葉の通路となることだと、石牟礼さんは穏やかにですが確信に裏打ちされた面持ちで、語ってくれました。

石牟礼さんにお目に掛っていると——石牟礼さんだけでなく、先生とのときもそうなのですが——リルケを思わずにはいられません。詩を書くとは、天使と死者から託された言葉をこの世に文字で刻み込むことだと謳ったこの詩人を、思い出さずにはいられないのです。

リルケの詩を読むとは、彼とともにあった天使と死者の思いを感じとることですが、石牟礼さんや先生の作品にも同じことがいえるのだろうと思います。

水俣病とは何か、それは今もどうあり続けているのか、私がそうしたことを考え続ける原点になっているのは次の言葉です。

水俣病は、もっとも美しい土地を侵したもっともむごい病でした。そのむごさは、まず力弱きもの――魚や貝や鳥や猫の上にあらわれ、次いで人の胎児たちや、稚な児、老人達におよび、ついに青年壮年をも倒し、数知れぬ生命を奪い去りました。生きて病みつづけるものには、骨身をけずる差別がおそいかかりました。そして、大自然が水俣病をとおして人類全体になげかけた警告は無視され、死者も病者もうち捨てられ、明麓の水俣はふかいふかい淵となりました。

戦後の日本でもっとも苛烈な人災の一つである水俣病は、もっとも妙なるもの、もっとも力なきもの、そして対抗する言葉をもたない存在を不用意に、また無差別に襲った。それだけでなく、語ることを奪われた病者を、あるいは亡くなった死者たちのことを、現代は忘れ去ろうとしているというのです。これは単なる告発の言説ではありません。個人の意思を遥かに超えたところからやってきて、無私なる心に宿った、ほとんど奇跡のような言葉です。むしろ、預言者の証言です。

このような深遠なる律動に貫かれた言葉を、ひとたび耳にした者はもう、聞かなかったことにはできません。これほど力強く、精確で、また熾烈なまでの熱情に貫かれている一文を、現代でいったいどれほどの文学者が語り得るだろうかと思われます。誤解を恐れずにいえば、これを語った砂田明さんが文学者ではなかったからこそ、こうした言葉が彼に宿ったのだろうとも感じます。

砂田明 053

　この一節を、先生の『ちょう、はたり』のなかに見つけたとき、私のなかで起こったのは文字通りの意味での事件でした。小林秀雄はランボーにふれ「一つの言葉さえ現実の事件である」と書き、この詩人との出会いの衝撃を語っていますが、私にとって、先生が耳にしお書き下さった言葉との遭遇は、人生を根底から揺り動かす「事件」となったのでした。

『ちょう、はたり』228, 262

　書物を開き、水俣病を生きた人々を思うとき、また、水俣に行き、海を前にするとき、あるいは人に会い水俣を思い、語るとき、いつも先の砂田さんの言葉が胸中を駆け巡ります。

　先生が砂田さんの言葉を聞き、それを一篇の随筆にしてくださらなければ、私は砂田明という人物を知らなかっただけでなく、生きて行く上で何か大きなものを見過したままだったかもしれません。砂田さんが『苦海浄土』に打たれ、その世界をひとり芝居「天の魚《いを》」で演じ、公演回数が五百五十回を超えたことも、それまでは知りませんでした。

『苦海浄土』262

残念ながら私は、砂田さんが舞台に立つ姿を知りません。彼の言葉を読むばかりです。同時代に生きながら、彼の姿に、肉声にふれることができなかったのはじつに惜しまれるのですが、しかし、先に見た一節は時空を超えて、彼が演じただろうと思われる世界を感じさせる力をもっています。

あのとき、砂田さんの言葉を聞いたのは先生だけではありませんでした。きっとその場にいた人々の中では、今も砂田さんの声は静かに響き続けているに違いありません。しかし、それを書き残しているのは、私が知るところでは先生だけです。無私の言葉を聞き取り、それを記録できる者もまた、無私なる者だけです。私のようにその場にいることができなかった者には、先生がお書き下さった作品がなければ先のような言葉が世に放たれたことを知ることすらできない。

これまで何度となくお目に掛り、また、水俣病をめぐって語り合うひとときを過ごさせていただきましたが、これらの言葉にふれつつお話ししたことはなかったように思います。

お会いしたときにはどうもお伝えしにくく、しかし、どうしても改めて御礼申し上げたく筆を執りました。こころから感謝申し上げます。ほんとうにありがとうございました。

遠からず、大山崎美術館に参ります。

青田五良の作品を見る、というより、この稀有なる美の先達に会うのだ、という心持ちをどうすることもできません。

また、お目に掛らせていただきますことを心待ちにしております。

若松英輔

志村ふくみ 様

京都
二〇一五年 二月十二日

この季節、列島をつつむ雪空のきれ間からきらめくような陽ざしが野にみちる時、胎動のように草木の芽吹きがはじまっています。

このたびは石牟礼道子さんをお訪ねになりました由、お話しぶりのたおやかさが目に浮びます。私もこのお正月家族と共に石牟礼さんをお訪ねしたのですが、あわただしくてゆっくりお話しできず心のこりでした。それでも以前よりふっくらなさったお顔を拝見してほっといたしました。それにしてもふしぎです。前回若松さんがお訪ねになった時も自筆の地図を開いてお話しなさったと伺いましたが、今回もまた、なのですね。何だか若松さんにお会いになると、「文章に書き得なかったことをあとに続くものに告げておきたい」という衝動が湧くのではないでしょうか。稀有な出来事の起ったかけがえのない故郷のことを、深い情感をこめて淡々と語られるということは、石牟礼さんご自身が、「どこからともなく訪れる言葉の通路になっていらっしゃる」ということではないでしょうか。

今回、思いがけず砂田明さんのことをお書き下さって、とてもうれしく存じました。そして驚きました。実は私の中にずっと砂田さんがどこかにお書きになっていた言葉がしきりに浮んでいたのです。仕事場で糸を巻いている時とか、夜休む時とかにふっと浮ぶ言葉なのです。あれは一体何を語っていらっしゃるのだろう、と思いつつその文章の出所をさがすでもなく、今日若松さんの文章に砂田さんの文字を見つけてはっとしました。

「あなたが、もし、もっと立派におなりになるためなら、私なんか、百ぺんでも死にます」（「めくらぶどうと虹」）というのです。

それは小さな野葡萄の実が虹に向かって言うのです。たしか宮沢賢治の文章にあるのではないかと思います。このような古めかしい今の世の中では一笑に付される言葉が私の中でくりかえし、くりかえし聞えてくるのです。

もう何十年も前のことですが、ある日突然知人が砂田さんを連れて訪ねてこられました。初対面でしたが座敷に上られるといきなり、「何か男物の古着でもあれば貸して下さいませんか」と申され、差し出した男物の着物を羽織って、あの顔中が口のような慟哭の面をかぶって語り出されました。

「天の魚《いを》」でした。体中が凍りつくような迫真の演技でした。

「……あねさん、この杢《もく》のやつこそ仏さんでござす。口はきけん、飯も食や

夜　224、234、245、255

「天の魚」053

ならん、便所も行きゃならん。それでも魂は底の知れんごて深うござす。一どでもわしどめに逆《さか》ろうたり、いやちゅたりしてよかそうなもんぢゃが、ただただ家のもんに心配かけんごと気ぃつこうて、仏さんのごて笑うとります。いかにも悲しかような眸《め》ば青々させて……」

この「天の魚」を砂田さんが五百回以上演じ切って亡くなりました。最後は病床から出て来られて演じられたということです。

私も嵯峨の常寂光寺で、河村能舞台で拝見しました。水俣の袋に二十余年住まわれ、丘の上に生類の墓を祀り、乙女塚にお参りさせていただきました。もし『苦海浄土』という文学がうまれなければ、砂田さんが一生かけて諸国を行脚し水俣の真実を身を以て語り伝えることはなかったでしょう。胎児性水俣病の劇症をそのまま受けた杢少年や久美子さんたちの魂に、これほどの最上の位を授けられたのは、石牟礼さんの筆の力、砂田さんの渾身の演技です。「力をもいれずして、天地《あめつち》を動かし目にみえぬ鬼神をもあわれと思わせ――」と古今集仮名序にうたわれた如く、もし水俣に石牟礼さんの文学が誕生していなければ、あの南の海のほとりに起った公害事件としてのみ人々の記憶にのこるでしょう。

最近、朝に夕に思うことは、人類がさらなる、異常な想像を絶する悪の領域に易々と足を踏み入れていることです。あまりの無自覚、思考停止の世の中に私は反動的にあの言葉、「あなたがもっともっとご立派になるためなら、わたくしなんか何どでも死にますわ」という途方もない言葉が浮んでくるのです。しかし幻ではありません。窮極の悲惨の渦中にみずからの体に爆薬を抱いて命を捨てる女性が目的は全く真反対の行為であれ、存在するということは、世界がまさに裂けた傷口をみせているのではないでしょうか。

　同じ人間として目を覆い、直視することのできないこの暗黒の中に、その暗闇が底なしに深い故に、石牟礼さんの言葉が浮んでくるのです。

「……宗教を興してきた人々はつねにその受難とひき替えに宗教を興してきたわけでしょうが、もし二十一世紀以後があり得るとすれば、水俣の人々が体験した受難は、次の世紀へのメッセージを秘めた宗教的な縦糸の一つになるかもしれません。つぎにくる世紀がそれを読み解けるかどうかわかりませんが」と。それは今すぐではなく後の世でその縦糸の一つを解くことができるでしょうか、私は思うのです。すでに何かが起っているのです。石牟礼さんが「不知火《しらぬい》」を書かれた時、文学のみではなく、「生身の肉声を書こうとは思うのですが、そのままではつろうございますので、言霊にして自分と一緒に焚いて、荘厳したいと思っているのです」と語られました。己が身を焚

「不知火」262
言霊 261

いて魔界の奥を照らし、怨念や呪詛のみの世界ではなく、何かかすかな復活の予感を伝えたいと、語られています。その光の奥に魂の救済を念じることは不可能ではないと私は思うのです。

今までの文学や宗教でさえ伝え得なかったものを水俣の海の人々は「泣いて、わめいて狂うてね、叫んだる。そして結果だもんね。それに会うも会わんも、のさりやもんね。まさにのさりよ」と言われました。神の賜りものと、水俣病は守護神とまで。それは学識豊かな学者の口からではなく、海に生き、海に生かされた漁師の患者さんの口から出た言葉です。この受難の中から生れた、まだ生れたての言葉が、我々の死後、五十年、百年後、次の世紀へのメッセージを秘めた縦糸の一つになっていることを願わずにはいられません。砂田さんの一言が今若松さんに伝わり、私にもよみがえるように、決して手放してはいけない命の連鎖のような気がします。

海 222, 256, 262

いずれおめにかかり、お話をつづけたいと思います。

御大切に。

志村ふくみ

若松英輔 様

砂田明
ひとり芝居「天の魚」
1990年　東京・青山　銕仙会　能楽研究所
撮影:宮本成美
『宮本成美・水俣 写真集　まだ名付けられていないものへ
または、すでに忘れられた名前のために』より

第 5 信

東京
二〇一五年 三月 八日

肌身に感じる風には未だ冬の名残があるようですが、耳にするひよどりの鳴き声が、春はもうすぐそこに来ていることを告げています。嵯峨野はいかがでしょうか。

過日は短い時間でしたが、お会いすることができ、大変うれしく存じました。お顔を拝見しながら、お話し申し上げたいこともたくさんあり、何か言わなければと思うと同時に別なことを感じておりました。

もう幾度となくお目に掛っていますが今も、お姿を目にするたびに願いがかなったと感じずにはいられません。いつもはじめて会うように感じられ、うれしさのあまり言葉がつまるのを感じます。

こうしてお便り申し上げておりますと、若いときに読んだ唐木順三の『詩とデカダンス』の一節が想い出されてきました。この本の最後に彼は、邂逅をめぐってこんなことを書いています。

風 243、248

訪れるもの、よびかけ来るものは、いつ来るかわからない。そのいつ訪れるかわからないものが、いざ来たという場合、それに心を開き、手を開いて迎え応ずることのできるような姿勢が待つということであろう。邂逅という言葉には、偶然に、不図《ふと》出会うということが含まれていると同時に、その偶然に出会ったものが、実は会うべくして会ったもの、運命的に出会ったものということをも含んでいる。

邂逅と呼ぶべき出来事の主語は人間ではない。人ができるのは待つことだけで、訪れは人間の思惑を超えてやってくる。しかし、そこには人の計らいを超えた何かも同時に成就しているというのです。

先生にお目に掛るとき、私だけでなく、私の死者もまた、喜びを感じるのが分かります。人と人が出会うだけなのではない。生者と生者の邂逅は同時に、生者とともにある死者との、さらにいえば死者と死者のめぐりあいのような思いが致します。「民藝美の妙義」と題する一文で柳宗悦は、「不思議とは思議に余ること」だと書いています。真実にふれようとする者は、思議にだけ頼ることをあきらめなければならないというのでしょう。

生者と死者 227, 234, 260

先日、大山崎山荘美術館に行って「志村ふくみ――源泉をたどる」を拝見して参りました。

そこで『源氏物語』に題をとられた先生の「明石」を見ることができました。はじめてではないと思うのですが、瞬間的にようやく巡り合ったと感じたのが何とも不思議でした。多くの時間と労力を費やし探しあぐねていたものが、握りしめていた手のひらにあったような、懐かしい感覚だったのです。

「明石」085, 224

しかし、そうした深い安堵の心持ちとともに、じつに強い、熾烈なと呼びたくなるような衝撃が全身を貫きました。

美の経験はいつも眼を通じて顕われ、視覚の使命を告げ知らせると同時に、五感の彼方にこそ真に感じるべきものがあることを教えてくれます。以前先生が、ロダンの彫刻にふれたときのことをお書きくださったように、このとき私も、これまでお前は何を見てきたのか、と何ものかに問い質されたように思われました。

お前は眼で見ているつもりだろうが、頭で見ている。眼で感じているつもりだろうが、頭で解釈している。眼の前にあるものと交わる前に、それが何であるかを頭で確かめようとしている。そんな声が、内から湧きあがってきたのです。

作品を見て、ここに描き出されているのは、と考え始めた途端、私たちは美と乖離し始めているのかもしれない。それは、大切な人が悲しむのを目の前にしながら、悲しみを映しとる前に、その理由と対処を考え、説き明かすようなことなのかもしれません。

こころをも理性で解析できると考えている現代人は、悲しみをそのまま受け止めるよりも、その反応、それがもたらす結果を観察し、解析しようとします。悲しみを生きるのではなく、悲しみについて語るのに忙しいように思われます。

こうした生き方に強く否を突きつけたのがゲーテです。

先日、高橋義人先生と前田富士男先生が訳されたゲーテの『自然と象徴』をテキストに講座を行いました。この本を私が知ったのは、ふくみ先生の著作を通じてでした。そればかりか先生の著作と作品に出会うことがなければ私は、ゲーテの言葉に近づくことすらできなかったに違いありません。

講座では、参加されている方に先生にお借りしている糸を見てもらいながら、自然の感情、色に秘められた感情をめぐって考えてみました。そして、この本にあるゲーテのこんな言葉を読んでみたりしたのです。

悲しみ 225, 227, 263

もともと精神にしか姿をあらわさないものによって心を高められてゆく人のなんと少いことであろうか。われわれにもっとずっと大きな力をふるっているのは、感覚や感情や気分である。しかしこれも当然のことである。われわれが普通依拠しているのは生活であって、観察などではないのだから。

ここでの精神は「霊性」、気分は「心情」と訳した方がよいのかもしれません。人生を観察の対象だと考える者にはけっして見えない境域がある。「感覚や感情や気分」を導きの光としなければ辿りつくことができない場所があるというのです。理性界の奥にある感情界、あるいは霊性の境域と呼ぶべきところに先生の作品によって導かれたことを、私は、今回「明石」にふれ、まざまざと想い出したのです。

先生の言葉によってゲーテを知り、その作品を通じて色にふれ、『源氏物語』だけでなく日本の古典文学は今ようやく、私の古典になろうとしています。ゲーテの色彩論に導かれながら、日本的霊性において色と言葉の世界を引き受けながら、日本の古典、とくに和歌を読んでみたい。ことに古今、新古今和歌集の世界をかいま見てみたいと願っています。

霊性 246, 248, 252

同じ本には次のゲーテの言葉も収められています。

　全き自然は他の感覚に対しても自己を開示している。眼を閉じていても開いていてもよい、耳を澄してみるがよい。かすかな気息から騒々しい物音まで、単純な音の響から最高の和音まで、昂奮《こうふん》と激情にみちた叫びから穏やかな理性の言葉まで、話しかけてくるのは自然そのものである。その存在、その力、その生命、その関係を自然はこうして開示してくれている。だから果てしない視覚の世界から締め出されている盲人も、聴覚の世界で無限の生命を捉えることができるのである。

声 243

自然の声——あるいは東洋の私たちには「天の声」と書いた方がよいのかもしれません——を受け取ろうとする者は、五感によって世界を認識しつくせるという神話を捨てなくてはならないというのです。目で世界を見ることができない者は、耳で世界の深秘を知るとゲーテは語ります。
　ここで語られている事象が本当であるのは、ハンセン病の方たちと話したり、その著作を読むとじつによく感じられます。

現代の日本では、ハンセン病は完治するだけでなく発症することも稀な病になりましたが、戦前はまったく状況が違いました。その時代を生き抜いた人々が今も生きていてくれています。彼ら、彼女らと会うたびに自分のふれている世界の小さく、浅いことに気が付かされます。

目が見えず、また、指も失った人々が楽団を結成する話を読んだことがあります。彼らは楽譜を見ることができません。点字の音符というのがありますが、指がない彼らはそれを読むこともできません。しかし、そうした人に旋律は、脳裏にさまざまな色となって顕われる。その光景を記憶し、演奏するというのです。

先生、ここにも「色を奏でる」人がいます。

同質の経験を私は、水俣病を生きた人々の言葉に感じることがあります。現代において存在の深みから照らし出す光は、こうした試練を生きる人々によって、生み出されているのではないかと思うのです。

この展覧会をめぐっては、お母様と青田五良の作品にふれ、もう少しお伝えしたいことがありますが、長くなりましたので次の機会に致します。明日、

ハンセン病 255, 256
点字 256
「色を奏でる」 233, 257

もう一度、大山崎に参ろうと思います。作品を前にすると先生にお目に掛っているような心持ちが致します。

週末にはアメリカに行かれると伺いました。くれぐれも御身大切になさってください。

遠からず、ゆっくりお話できるときに恵まれますことを心より願っております。

若松英輔

志村ふくみ様

追伸―先日は、砂田明さんのご本をお貸しくださりありがとうございました。砂田さんのことをめぐっては改めてお便り申し上げます。

京都
二〇一五年 三月十四日

季節は足早やに、それを惜しむように今朝は名残りの雪と霰の厳しい日となりました。おたよりありがとうございました。

先日はおいそがしい中、「山川色衣・草木色衣」の会にお越し下さいましてありがとうございました。東京では久しぶりの会でしたが、今回は少し趣の変ったはじめての試みを若い人と共に考えて開きました。従来の着物の作品を展示するだけでなく、若い人達の熱気の中に新しい芽生えがあることに気づきました。私の仕事は少し変りました。手をひろげた胸の中に若い人達が入ってきてくれたことです。会期中の午前中に、若い人達に着物に触れ、まとい、日本の染織文化を語る時間を持ったのです。はじめて着物を身にまとう方でも忽ち《たちまち》目をみはるような美しい姿に変りました。民族衣裳のもつ力でしょうか。やまとごころがよみがえるようなのです。

今、着物は危機にあります。その事実は日本人に内在する魂が衰退しつつあり、衣裳は身を飾り、権力を表明することにその第一義を奪われていることをあらわしています。けれどそんなかたくるしいことではなく、私はただ着物は清楚であってほしいと思っているのです。白襟、白足袋は厳則なのです。最も汚れの目立つところを清潔にするのが我々の民族の魂なのです。

その厳則をしっかりふまえて少し遊んでみたり崩してみるということはあり得ますが、ただ意味もなく崩して着ることが今の着物姿をみにくくしているように思うのです。こんなことを言うのも私がどんなに若い人の着物姿をいとしく思っているか、そういう日本の女性を失いたくないからです。

世界にも稀有な染織文化は、遠く平安期から、室町、桃山、江戸と伝えられ、突然明治以後、衰退してしまったのです。合理主義の現代に振り捨てられたのはある点、必然なのかもしれません。しかしその末裔として私達はこのかけがえのない文化を継ぐべく生れ、民族の衣裳はその国の魂を担い、存続すべきものであり、それを継承するのはあなた方なのです、と私は訴えたいのです。そこに高い壁があることは承知しています。昔、白畑よし先生が、「着物は滅びつつありますが、最後の一枚になった時、復活しますよ」と謎のように申されました。

滅び 242, 253, 262

あの会期中、熱いまなざしで織物を見つめ、手に触れることを楽しんでくれた方々にほんの少し伝わったかと思いました。

このたびのおたよりで再び私を驚かせたことがあります。唐木順三という御名が出たことです。三十代の丁度この仕事をはじめた頃出会った唐木順三全集を傍からはなすことはありませんでした。それまで文学作品ばかり読んでいた私が全く新しい沃野というか、唐木さんの伝える深度ある文学批評の世界に導かれ、熟読したことを思い出しました。今思い出してもほほえましいのは母まで唐木さんのファンになり、ひそかに万年筆に「風任」という文字を入れていたことです。多くのことは忘れてしまいましたが、私の心にも「杉のことは杉にならえ」「詩とデカダンス」「無用者の系譜」など、それらの金字が刻まれています。漠然と浮遊していた泡のような思考の一粒一粒が収斂され、私の中で何かが確立していったあの頃を思い出します。

若松さんはまだ生れていらっしゃらない時のことなのに「心を開き、手を開いて迎え応ずることのできる姿勢が待つということであり、実は会うべくして会ったもの」という感慨をいつのおたよりの時も感じるのです。

先日はわざわざ大山崎山荘美術館で「志村ふくみ――源泉をたどる」の展覧をごらん下さいまして、本当にありがとうございました。若松さんに見ていただきましたことは私にとって二重に意味深く、柳宗悦につらなる水脈が青田五良という方に織物として受け継がれ、もし青田五良の存在がなければ私の仕事はあり得たのか、紬という民家の衣を現在にまでこのような形で継承し、次の世代へ引き継ぐことができたのかと思うのです。

その青田五良の仕事は源泉にふさわしく無口で、不揃いで、勝手気儘にふるまい、糸も色も迸《ほとばし》り、繊細洗練のかけらもなく、しかもこの上なく繊細洗練を内に秘めているのです。この青田の仕事が意外にも若い人を魅きつけています。前述した着物への危機感、その衰退した感覚に新たな息吹きが生れることを祈らずにはいられません。

最後に、ゲーテの『自然と象徴』をテキストに講義なさいました由、これも偶然とは思えません。このことについてぜひお話ししお伺いしたいことがあるのです。いつか時間をいただいて、と思います。この本はいまだ机上において繰り返し、繰り返し読んでいます。文学作品より時には興奮させられます。先日京都賞の時、講演の際にゲーテの「色は光の行為であり、受苦である」という言葉を使いましたが、講演の前に同時通訳の方に呼ばれて、この言葉について私の考えを問われました。通訳の方は熱心にドイツ語でもしらべ、とくに「受苦」と日本語で訳されていることについてどう思うかといわれまして、私もはた、と困りました。私には受苦以外に考えられず、受難ですかといわれ、そうではないと思いましたが、後日高橋義人先生にこのことをお伺いしましたら次のようなお返事をいただきました。

Die Farben sind Taten des Lichts, Taten und Leiden

原語は行為と苦しみというのですが、先生は前田富士男先生と相談されて、「行為と受苦」の方がよりゲーテの考えに近いと判断されたということです。ちなみに、それを能動と受動と訳される場合があると伺った時、何か難解な数学の問題がとたんに割り切れたようなある明徹な感覚を抱きました。複雑微妙であるだけに窮極の答はそのあたりにあるのかもしれません。

併《しか》しさらに微妙なのは、闇と光のあわいにある「くもり」、灰色の世界です。そこにこそ永遠に割り切ることのできない人間の業の世界が存在し、限りなく美しく、哀しく、汚れに汚れ、一寸先は闇なのか、光なのか、すれすれのあわいに私達は生きています、どこの詩人か忘れましたが、灰色の人生にいつか、時折薔薇色の日が訪れてくれたら——というような詩をよみましたが、人間の住む国はいつも曇り空なのかもしれません。

とはいえ、東の窓にいつしか茜色の雲があらわれ、春浅い早晨の空を薔薇色に染めはじめました。

闇 228, 255, 256
光 228, 234, 248, 253

いずれ帰国後、ご連絡申します。
くれぐれも御大切に。

若松英輔 様

志村ふくみ

第6信

東京

二〇一五年　四月七日

窓から見える桜の花が散り始めました。この頃は、桜が咲き始めたときよりも散る姿に春の訪れを確かめるようになりました。また春は、私にとって、いのちが新生する季節となり、同時に死者たちをいっそう近くに感じる時節ともなっています。

こうした感慨も私にとっては近年のことですが、日本人と桜の関係にはもともと、死者があいだにいるようにも思われます。しかし、そうしたことも語られなくなって久しくなりました。芸術すらいつの間にか、生者に独占されつつあるのです。

生涯を賭すようにして桜を詠った西行の次のような和歌も、死者への思いを見過すと単なる祈りなき秀歌になってしまいます。

仏には　桜の花をたてまつれ
我がのちの世を　人とぶらはば

花 222, 232, 243, 250, 254

自分が逝ったあとは、もし誰かが弔いの意を表してくれるなら、桜の花を捧げて欲しいと西行は詠います。しかし、桜を切って供えることはしません。桜を見ること、それはすでに死者への祈りになる。

　同じく桜を愛した遍照はこう詠います。

　折りつれば　たぶさにけがる　立てながら
　　三世の仏に　花たてまつる

　桜を手で折ってしまったら穢れてしまう、桜の花を前にして、過去・現在・未来の諸仏に花をたむけようというのです。西行は、この歌を知っていました。桜はもともと生者と死者が出会う場所で、花見とは生者と死者がともに美を愛でるときだったように思われてきます。

　先日、先生と洋子さんをはじめ都機《つき》工房の皆さんが福島から送られた桜で染めた着物、「瀧櫻《たきざくら》」のことを記事で見ました。桜色は、花びらからではなく、花咲く前の樹皮や枝から染める。このことを初めて知ったのはもう三十年以上前です。先生にふれながら大岡信さんの書いたエッセイが、教科書に載っていました。「瀧櫻」は、先生のもとに桜の枝が届き、糸に染め、紡がれてい

「瀧櫻」089
大岡信 232

るときから幾度となくお話を伺っていたせいか、報道にふれた際には、何か旧友の活躍を見るような心地が致しました。

新聞の記述を読みながら、福島に「桜をお返しする」と先生がしばしばおっしゃっていた姿を想い返しながら、この作品の成り立ちを考えていました。「瀧櫻」の作者は、先生、洋子さん、そして工房の皆さん、ということになっています。事実そうなのですが、それだけではないような感じも致します。おそらく先生もそうお思いだったのではないでしょうか。そうでなければ「桜をお返しする」とはおっしゃらないのではないかと思われました。

東日本大震災で亡くなった福島の死者たちは、咲く前の桜の枝にその魂を宿し変え、先生のもとを訪れ、彼らも先生や工房の皆さんと共に糸を染め、着物を織り、そして、故郷に還って行ったのではないか。あの着物は、死者たちからの、今も福島に生きている人々への真摯なまた尽きることのない、力を秘めた呼びかけのように感じられたのです。

また、春になると水俣病で亡くなった坂本きよ子さんのことを想い出さずにはいられません。先生もよくご存知の、不自由なからだで、桜の花びらを拾おうとしたきよ子さんです。先だって石牟礼さんとお目に掛ったときも、きよ子さんの話をしてきました。『苦海浄土』の第二部にある次の光景が想い出されるのです。石牟礼さんはきよ子さんに会ったことはありません。『苦海浄土』では、きよ子さんのお母さんの口を通じて語られます。

庭に下りるなと言うてきかせても、もう聞きわけのでけん人間になっとるもんですけん。そのような痙攣がおさまると、ほろほろほろほろ、涙ば流しまして、地面に、ゆらりゆらりして片膝立てて坐りよりました。
花びらば、かなわぬ手で、拾いますとでございます。いつまでても坐って。
達者なときには、掃除神の娘でございましたのに。家の中も外庭も、お寺さんのごと浄めとくのが好きじゃった娘が、掃除する者もおらんようになった庭の中にそうやって坐りまして。

病に冒される前、きよ子さんは「掃除神の娘」と呼ばれるほど、掃除することが好きでした。桜の季節になれば、花を愛しみ、慈しむように掃除をするのが常でした。そうした彼女は、からだの自由を奪われてからも春になると、庭に這い出て、桜の花びらを拾おうとする。動かない手で、花びら一つを拾おうとする。いつまでも地べたに坐って離れようとしないというのです。

先日、道に出て、桜の花びらを一つ、拾いました。きよ子さんへの供養でもありますが、そのとき私の心を領していたのは尽きることのない感謝です。

この世ではまったく無力な、力なき者として亡くなっていった水俣病の患者さんたちは、今、死者となって生者を守護している。彼、彼女たちの身を襲った出来事がふたたび起こらないように生者と協同している。先の引用のしばらく先に石牟礼さんはこう書いています。

桜が伐られて、絵姿になった坂本きよ子のまなざしは、伏目使いに彼女の仏間から庭先を、晴れない靄《もや》の奥を探すようにいつものぞいていた。

そのようにして死者たちの春はいつまでも終らない。

きよ子さんが亡くなって、お母さんは桜の木を伐ります。ここで「伐る」とは無にすることではありません。彼女に捧げることなのでしょう。遍照の歌に示されているように、たとえ手で折ることが穢《けが》れの行為であるといわれても、お母さんはそうせざるを得なかった。
「死者たちの春はいつまでも終らない」、ここでの「春」は、どこまでもいのちを貴ぶ時節のことではないでしょうか。すべての生者がいのちの意味に本当に目覚めるまでは、死者の仕事は終らないというのです。先生たちが送られた「瀧櫻」を見た若者のうち、ひとりでも『苦海浄土』を読む日がくることを願ってやみません。そこに新生の光が見出されることを信じて疑いません。

さて、先月の中頃、大山崎山荘美術館で「志村ふくみ――源泉をたどる」の後期の展示を拝見しました。二度うかがってみて、改めて感じたのは、感動であるよりは衝撃でした。驚きであるよりも回帰でした。ここにもどるべきところがあった、というのが実感だったのです。

また、このたびの展示で一つだけ異和を感じました。埋められるべき空白があったように思われます。今回は、どうしても洋子さんの作品が展示されなくてはなりませんでした。「源泉」は古きから流れているだけでなく、今も、また、これから先も流れ続けることが表現されなくてはならない。私は自分の記憶にあるいくつかの洋子さんの作品を幾度となく想起しました。

前期後期を通じて、私にとって震えるほどの経験となったのは、これまでふれた作品を別にすれば、お母様の小野豊さんの「吉隠《よなばり》」、そして先生の「光の湖」です。この列に青田五良の「裂織《さきおり》敷物」があるのは申し上げるまでもありません。青田さんの作品をめぐっても何か申し上げたいのですが、出会った衝撃が未だ言葉になろうとしません。

ただ、彼のような天才と会話することは、その作品を見ることからしか始まらないことがよく分かりました。詩人のポール・クローデルが自らを回心に導いたランボーにふれ、狭義の宗派的宗教の枠を遥かに超えた人物であることを評して、「野性の神秘家」だと語りましたが、それはそのままお母様、そして青田五良にふさわしいと思われました。

展示されていたお母様の作品は複数あって、染織作品としては、たとえば「茶地格子」の方が優れているようにも感じられましたが、私が「吉隠」の前に立って感じたのは、作品として秀逸であることとは少し別のことでした。

ここに宇宙がある、そうほとんど直観的に感じたのです。

そう認識したのは私だったのか、むしろ、見よ、ここに宇宙があると、何ものかに示されたようにすら思われました。

自宅に戻り、何気なく先生の『私の小裂たち』を開いたとき、最初に目に飛

「吉隠」092
「光の湖」093
「裂織敷物」091

び込んできたのが先生がこのお母様の作品に言及されているところだったのも、ある驚きでした。また同時に、この作品がきわめて高次な霊性の表現であることに静かに、しかし深く驚かされたのです。

鈴木大拙の『日本的霊性』が優れた著作であることは論を俟ちませんが、この著作の意味は、そこで述べられている個々の見解であるよりも「霊性」によって世界を認識するという道を広く開いたところにあります。

日本的霊性が結実したのは鎌倉時代の浄土と禅によってである、と大拙は語ります。そして近代の妙好人浅原才市を論じたところで終っています。しかし、その先がある。さらにいえば、大拙が述べたところでは終らないことを、もっとも鋭敏に感じていたのは、その弟子でもあった柳宗悦でした。

残された問い、それは霊性と美の不可分な関わりです。霊性は、美を離れて語り尽すことはできない。霊性は、美とむすびつくとき、今にたくましくよみがえる、そう柳は感じていた。その確かな証しを、柳に近く接したお母様の作品に見たように思われたのです。

その問いが、ふくみ先生によって深まり、ゲーテ、シュタイナー、そして日本古典文学と交わりながら広く展開されている。そして、その営みが洋子さんによって高次な意味での「東洋」——井筒俊彦が、あるいはリルケがい

鈴木大拙 246, 252
浄土 250
禅 250

う、地理的境域を超えた存在の異次元――となっている。その起源を「吉隠」に見たように感じられました。

「光の湖」を前にしたときの私の実感は、素朴ですが強靭なものです。大山崎の美術館には常設展示の作品としてモネの「睡蓮」が複数、そして大きな「アイリス」がありましたが、「光の湖」はこの作品に勝るとも劣りません。不可視、不可触であるはずの「光」を作品として現象させ、世界に刻んだのです。染織に秘められている一つの極を明示した作品なのではないでしょうか。

こうした言葉が過剰な評価ではなく、過小な表現であることを私は書きながらひしひしと感じずにはいられません。

いっしょに行った大瀧さんと息子の裕也も何かに打たれたように凝視していたのが印象的でした。深い感動はひとたびの沈黙を見る者に強いるのです。

長くなりました。申し訳ございません。

お目に掛り、ゆっくりお話できる日を切望しております。しかし、それが叶わないとき、先生にお送りする手紙のことを思い、言葉を紡ぐようにしております。

また、少し寒さが戻るようです。
くれぐれも御身大切になさってください。

志村ふくみ様

若松英輔

京都
二〇一五年　四月十三日

散桜のおたよりありがとうございました。

早や、嵐山には緑の風が吹きはじめました。新学期を迎え、この頃は毎日のように加茂川をわたり岡崎へかよっております。

まだ小雪のちらつく頃から内に何かを秘めてたたずむ柳の姿に目を吸いよせられておりましたが、いまや細腰のしなやかな緑の帯を、都の川風にほしいままに身をゆだねているあざやかな変貌に魅了されております。

嵯峨校も開校いたしました。

新入生を四十数名迎え、アルスシムラも今年は早や三年目を迎えます。

このところ、日夜思うことは学校、教育の根幹にかかわる問題です。勿論当初よりの覚悟であり、それならばこその開校であり、誰方に相談することでも、議論することでもなく、自ら考え、悩み、深く掘り下げて行かねばならぬことは重々自覚しております。それ故にこそ最終章の私の人生に選んだことなのです。当初、娘の洋子が学校の問題を発想し、思考し、私に誘った

緑 228, 231

ことで、はじめはあまりに重大な問題であり、私の年齢も考えて躊躇したのですが、ひとたびその構想を内面に受け入れるや、九・一一、三・一一以後の切迫した世界情勢に危機感をおぼえ、今しかない、という思いが募り開校にふみ切ったのでした。

さて、実際に決意をもって集って下さった生徒さんを前に、私が今日まで歩んで来た道をどうお伝えしてよいか、教科書、マニュアル、資料などで伝えるのではなく、ただあるべきことを心から心へ伝えることの至難さ、果して現代の若者はそれを納得するだろうか、という不安を抱きつつ三年目を迎えた今、私自身の信念は変らず、確信を持って接する一方、現実は容赦なく厳しく、直接それを教える講師の立場の微妙さ、ある時は断崖に立たせられることもあり得るのです。一年足らずの中に目をみはるほど美しい織物をつくり上げる生徒たちの将来を考え、ただ教えるだけでよいのか、集ってくる生徒が真剣であるだけ学校の在り方、存続の意義、信念をここでしっかり根づかせねばならないと、心底考え、悩み、命あるうちに建立せねばならないと、それはみずからを震撼させるほどのことなのでした。このような教育にはほとんど前例がないのです。

近年、若松さんの著された『井筒俊彦　叡知の哲学』『池田晶子　不滅の哲学』『神秘の夜の旅』『吉満義彦　詩と天使の形而上学』『生きる哲学』『霊性の哲学』は、丁度その頃からはじまった私の最後の仕事、指針なき学校への旅の同伴者として存在しておりました。ある時は血肉のように染みわたり、十字路に立つ道標のようでありました。

『神秘の夜の旅』226、235、249

それらの先覚者の思想の中にこそ、真の解答があると信じておりました。たとえば、ショーペンハウエルとゲーテの会話を、『生きる哲学』の私の章の初めに書いて下さいましたね。「目があるから光があるのですね」というショーペンハウエルの問に対して、ゲーテは驚いた様子で、「光があるから目があるのではないですか」と応えたと。事象は認識されることによってはじめて実在する、というショーペンハウエルに対して、ゲーテは「万物は自然の呼びかけに応じて生まれ、人間の感覚器官は外界に存在する働きに従って生まれたものだ」と応えたというのです。

『生きる哲学』245、259

それこそが私の最も語りたい、伝えたいことなのです。

またこの本の序章にある、「人間が知らなくてはならないことはすべてその魂に宿っている」というプラトンの「想起」、「内なる叡知の存在に気がつきさえすれば、人は必ず変わる」という池田晶子の思想を、私自身の中心に据えて語りたいと思うのです。現実に植物から色を抽出し、糸に染め、機にかけて織る行為をいかにしてこれらの哲学と結びつけて語れるか、言葉によらず眼前に表《あら》われた現象をどのように理解してゆくか。それでよいのか、それしかないのか。ノートにメモをするのではなく、心にメモするのです、と語りながら。

しかし言葉は必要です。言葉なくして前述のプラトンの「想起説」を伝えることはできない。その言葉を、現象から響きわたり、結集された理念としての言葉を、簡潔に絞り出さねばなりません。

今朝も一つ重大な力を得ました。『霊性の哲学』の中で『夜と霧』を書いたフランクルが「収容所のような絶対状況の中でも人は、自分自身を含めた真摯な対話をやめることがなければ叡知を見失うことはない」と語り、死を目前にして絶望の中でも考えることを止めない人間の、同じ苦難を背負う人々に――三・一一以降の方々に――あたえるそれは唯一の光のように思われました。また内的苦悩におちいる人々にとってもそれは一縷の望みだと思います。

ここ二、三年、若松さんの哲学を語る数冊の書は、実に私にとって生きる哲学そのものでした。そして今直面する切実な苦しみがあればこそ、行間にその答を求めるのです。そしてある時、本の中から手をさしのべて、暗夜の灯がともされるのです。こうして書いている中に心の中がやすらいで、「求め

『霊性の哲学』253、254、260
『夜と霧』255

ることをやめなければいいのです」といわれているような気持がしました。

今朝から冷たい雨、散りしいた花びらが清凉寺の石畳にうすい裂《きれ》のようにしみとおって、かすかに揺《ゆら》ぐような気がしました。最後の桜からの伝言だったかもしれません。

御大切になさってくださいませ。

志村ふくみ

若松英輔 様

志村ふくみ
《明石》
2000年
紬織／絹糸・藍・臭木・刈安
滋賀県立近代美術館 蔵

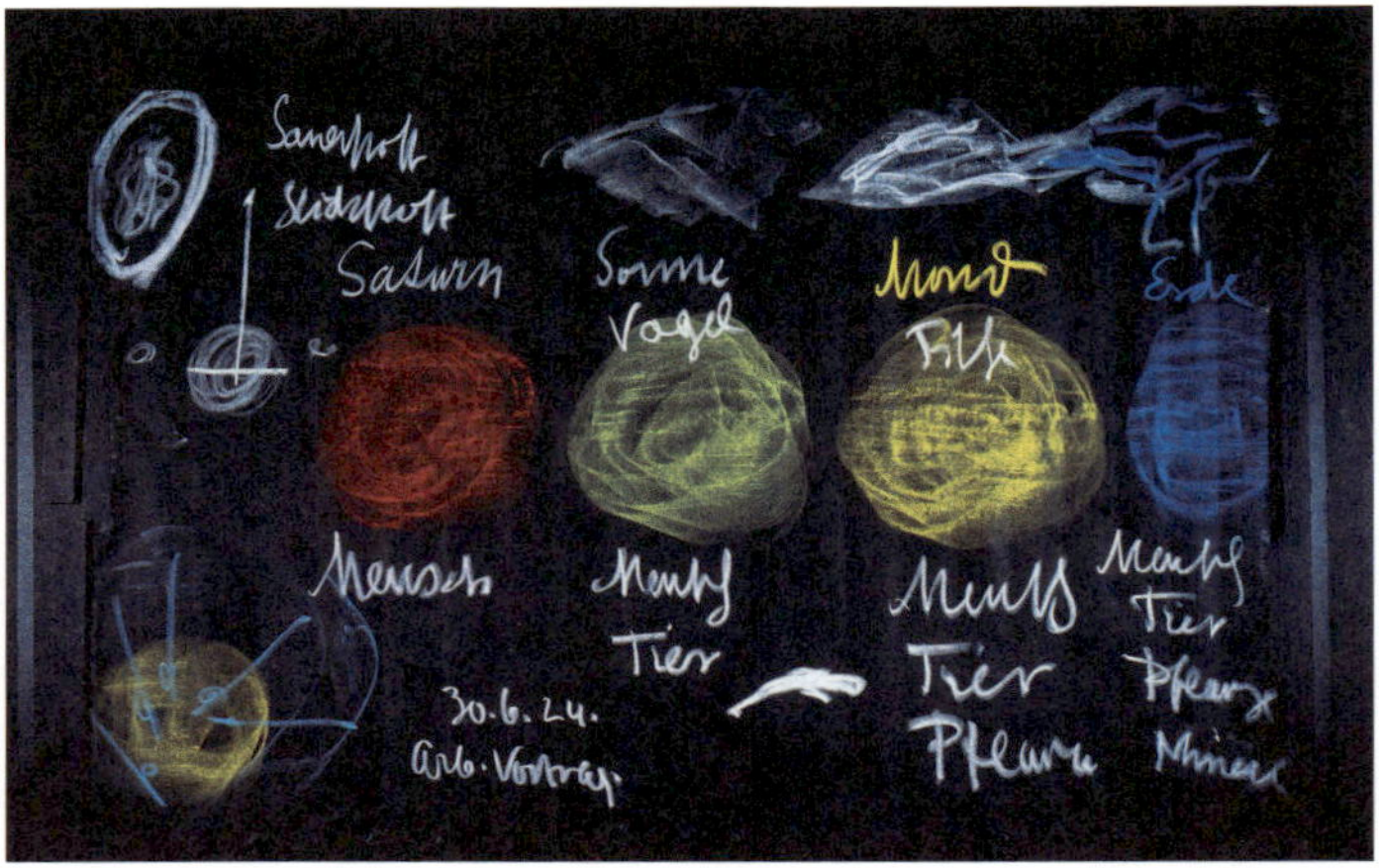

酸素
窒素

土星紀	太陽紀	月紀	地球紀
	鳥	魚	
人間	人間 と 動物	人間 と 動物 と 植物	人間 と 動物 と 植物 と 鉱物

ルドルフ・シュタイナーの黒板絵
《太初、熱があった》
1924年6月30日
104×153×4cm（フレームサイズ）
黒い紙／チョーク
ルドルフ・シュタイナー遺稿管理局（スイス・ドルナッハ）蔵

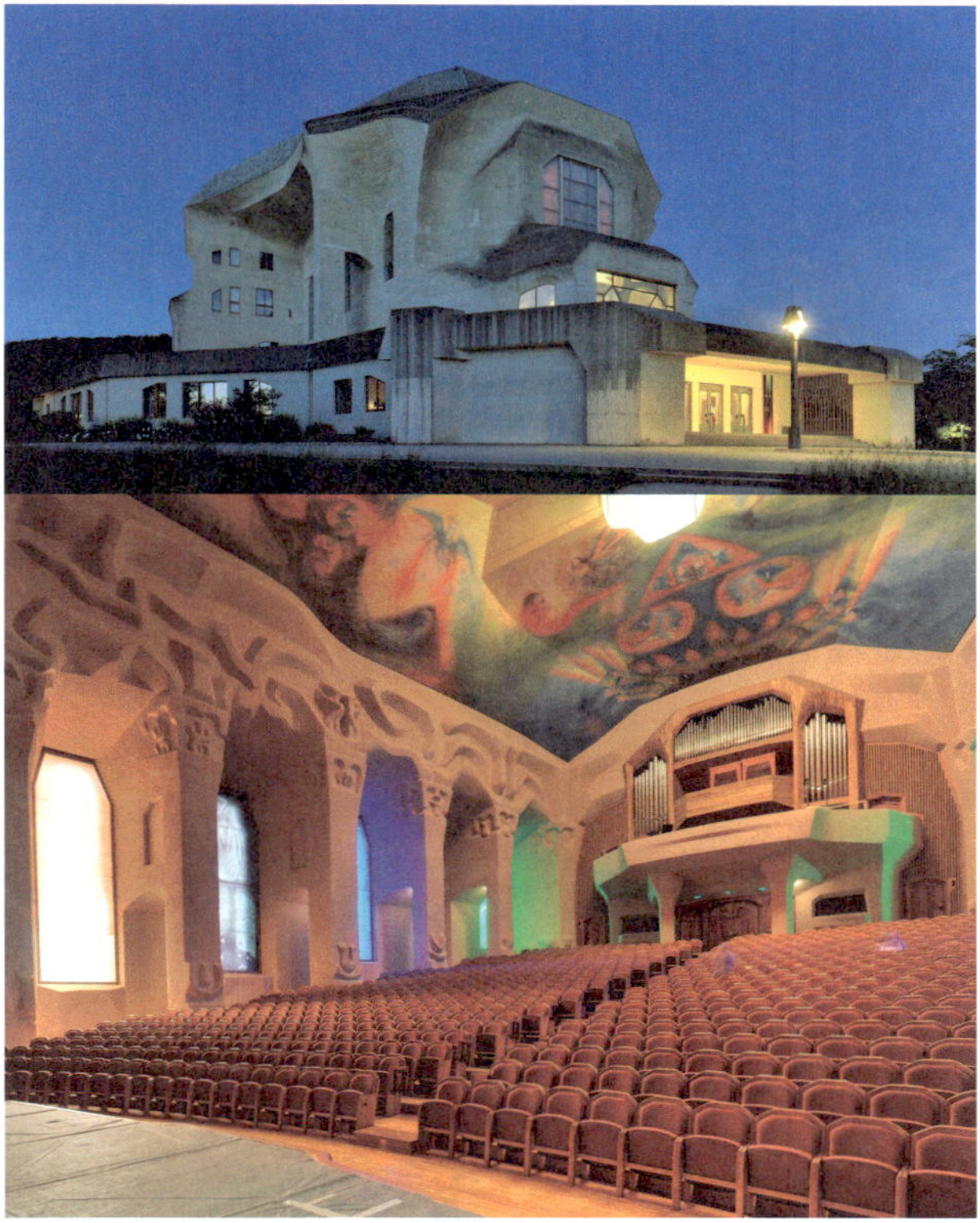

ルドルフ・シュタイナー 設計
第2ゲーテアヌム(スイス・ドルナッハ)
＊焼失前の建築は「第1ゲーテアヌム」と呼ばれる。
1928年開館
上:西側　下:中央講堂内部
撮影:Wladyslaw

パウル・クレー
《蛾の踊り》
1923年
51.5×32.5cm
紙／オイル・トランスファー・ドローイングに鉛筆・水彩
愛知県美術館 蔵

志村ふくみ
《瀧櫻》
2015年
紬織／絹糸・桜

黒田辰秋
根来円卓と衣桁
志村ふくみ 蔵
撮影：Alessandra Maria Bonanotte

青田五良
《裂織敷物》
1930年頃
裂織／絹・木綿
アサヒビール大山崎山荘美術館 蔵

小野豊
《吉隠》
1960年頃
紬織／絹糸・藍

志村ふくみ
《光の湖》
1991年
紬織／絹糸・渋木
京都国立近代美術館 蔵

東山魁夷
《山峡飛雪》
1983年
65.0×92.0cm
紙本彩色

狩野長信
《花下遊楽図屏風》(左隻)
六曲一双
17世紀　江戸時代
148.8×355.8cm
紙本着色
東京国立博物館 蔵　国宝
Image: TNM Image Archives

マティアス・グリューネヴァルト
《イーゼンハイム祭壇画》（第1面）
1512−1516年頃
376×534cm
板／油彩
ウンターリンデン美術館（フランス・コルマール）蔵

《焼損仏像残闕《しょうそんぶつぞうざんけつ》(千手観音トルソー)》

松尾寺(奈良)

撮影:藤森武

小野元衞
《ニコライ堂》
1942年
27.0×37.0cm
紙／鉛筆・パステル

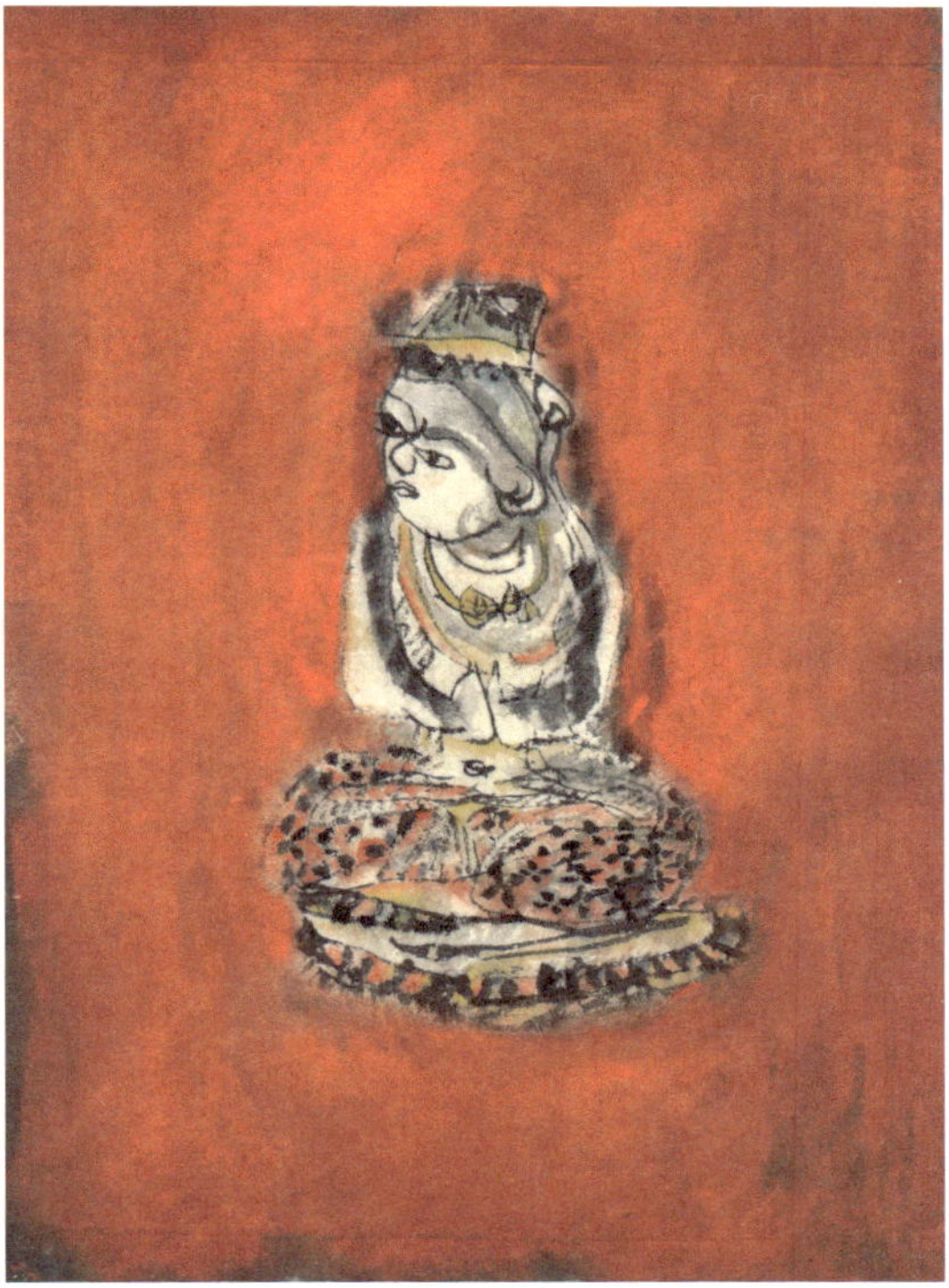

小野元衞
《朱の仏》
1943年頃
35.8×27.8cm
紙／墨・水彩・コンテ

志村ふくみ
《母衣曼荼羅》
2016年
紬織／絹糸・藍・刈安・玉葱
387.5×262.5cm

第7信

東京
二〇一五年　五月七日

新緑の季節のはずが、すでに初夏の風が訪れています。急な気温の変化にお疲れが出てはいらっしゃいませんでしょうか。

今日、新聞の対談で中村桂子さんと「いのち」をめぐってお話ししました。現代の科学が饒舌に語る概念としての「生命」ではなく、熱気をもって感じ、全身で共振し得る「いのち」のありかを考えるひとときになりました。良心の科学者を体現してくださる中村さんの姿とともに、発せられる言葉に生きている詩情に驚き、また深い喜びを感じずにはいられませんでした。

初めてお目に掛ったのは、京都賞でのふくみ先生を囲んでのシンポジウムでしたが、膝つき合わせて話してみると、大規模な講演では到底感じることのできない不可視な交流があって、意義深く、またじつに心地よい経験となりました。

先のお手紙をいただき、私も原点を確認するような日々が続いています。先生の言葉を噛みしめながら、新しいことを行うのではなく、原点となる経験を深めなくてはならない、そう心を新たにした次第です。

そうしたなか、高橋巖先生の『シュタイナー哲学入門』を読んでいます。初版が一九九一年ですから、最初に読んでからおよそ四半世紀が経過したことになります。

手にするのは何度目か、すでに分らないほど繰り返し読んできたのですが、今なお、記されている言葉から得られる衝撃が新鮮なことに驚きました。はじめて読むような胸の高鳴りを持続したまま読み終えたのですが、もう終わってしまう、とまるで優れた長編小説を前にしたときのような感慨だったのです。

さらに、述べられていることが今日の喫緊の問題となっていることには、畏れに似た気持ちさえ覚えました。

本書に限らず、大学を退かれた後の一貫して高橋先生が語られていることですが、特にこの本で先生が強調されるのは、哲学の危機です。別な言い方をすれば、真の哲学の復権、さらにいえば新生です。

古代ギリシアにおいて哲学は、いつも超越の学である形而上学を意味していました。——「形而上学」という表現がいつ定着したかは別な問題です——

『シュタイナー哲学入門』230

しかし、今日、哲学はさまざまな分野で語られ、形而上学はその辺境にあるに過ぎないとされています。

哲学者も形而上の世界をすでに信じることができなくなっている。哲学はいつの間にか、超越的実在との関係を捨て、人間が独力で行い得るものになってしまいました。

イスラーム神秘哲学は、十二世紀ペルシャで独自の発展を遂げるのですが、それは「ヒクマット：hikmat」すなわち「叡知」の学と呼ばれます。

ここでの「叡知」とは、単に優れた知性を意味しません。「絶対実在の照射ないし流出を蒙ることによって精神的に深化され、昇華された知恵の謂いに他ならない」と井筒俊彦は書いています。

実在 227, 253, 261

イスラームの神秘哲学者にとっては「哲学」とは、人間による単独の思惟ではなく、超越者からの呼びかけに対する応答でした。

その一方で彼らにとって哲学は、どこまでも主体的な営みでもありました。主体的とは、けっして自分という宿命の場所を離れないことです。それはひとり「神」の前に立つことに始まります。彼らにとって、真に哲学と呼び得るものはつねに、語るだけではすますことができない、高次の実践を伴う営為だと考えられていました。

新約聖書の「ヨハネ伝」の最初には、「はじめに言葉があった」という、よく知られた一節があります。ここでの「言葉」はギリシア語のロゴスですが、それは現代人が考えるような言語ではなく、むしろ「道」と訳すべきだと鈴木大拙は述べています。

「ヨハネ伝」244、264

漢文では「道う」と書いて「いう」と読むではないかと彼はいうのです。彼にとって禅学は、禅の道でした。もちろん、哲学は叡知の道だと感じられました。ですから大拙が、道である哲学を忘れた近代の「哲学者」たちを強く批判するのは自然なことでした。

「じつは学問からも何も知ることはできない。つねに行為が必要である」（『自然と象徴』）とゲーテは書いています。先の本で高橋巖先生はゲーテの『ファウスト』にふれながら、「はじめに言葉ありき」の一節をこの詩劇の主人公が「はじめに行為ありき」と言い換える場面に言及します。大拙もゲーテの言葉を好んで一度ならず引いています。

また高橋先生は、哲学と実践の問題をめぐって、ゲーテと同時代だった哲学者フィヒテが考えた「知識」に言及しながら、次のように述べています。

フィヒテのいう本当の知識、つまり外から偶然与えられたものではなく、自分自身の内部から、必然的に生じてきたような、そういう知識とは何かというと、それは思考、あるいは表象の根源的な行為(ウルハンドルング)なのだ

「ウル」とはドイツ語で「根源」を意味する接頭辞です。「ハンドルング」は、行為を意味します。フィヒテにとって知識は、行為と不可分なものとして認識されています。実践を離れた知識は死物に過ぎないというのです。

彼がいう「知識」はこれまで見てきた「叡知」とほとんど同義です。行為である知識をフィヒテは、さらに厳密な意味をこめて「事行」(タートハンドルング)と呼んだと高橋先生は書いています。

「事行」とは、東洋の伝統的な意味における「行」と考えてよいと思います。しかし、それはいわゆる修行とは異なるもので、むしろ、その真逆にあるものなのかもしれません。なぜなら「事行」とは、いつでも、誰でもが実践し得る行いでなくてはならないからです。

行としての哲学、あるいは行としての芸術を現代にどうよみがえらせるか、そんなことを高橋先生の著作を読みながら考えていました。

フィヒテに限りませんが、優れた哲学者たちがのぞんでいたのは、世に学者、あるいは知識人と呼ばれる人々によって哲学が独占されることではありませんでした。むしろ、際限なくそれを人々に解放することでした。

芸術家たちも同じです。美の使徒と呼ぶべき人々は、イエスの弟子である使徒がどこまでもイエスの言葉を届けようとしたように、美を求める人々のもとに運ぶ者の謂いなのだろうと思うのです。

さて、先のお手紙で先生は、アルスシムラの使命をめぐって書いてくださいました。表現者としての先生の生涯は文字通り「事行」に貫かれた日々ですが、それでもなお、教育する者として、後世に伝えることに大きな労力を費やそうとされています。何かを作り出すことに勝るとも劣らない熱情と労力をもって伝授することに向き合っていらっしゃる。

昨年の三月、師が亡くなりました。井上洋治神父です。彼の死まで私は、どこかで教えを乞う者であると感じていました。しかし、師の逝去は、そうした認識を根底から覆す出来事となりました。

井上洋治 236, 256

人は、生涯が終わるまで他者から学び続ける。だがあるときから、どんなに未熟であったとしても、伝えるという責務が生まれる。私はもう何かを受け取るだけの場にはいない。受け取ったものを出来る限り伝えて行かなくてはならない。伝え得ることがわずかであることは、その役割から離れてよい理由にはならない。むしろ、受け取る人がいる限り、続けなくてはならない、そう感じるようになりました。

さらにいえば、他者に伝えるという道程を経なくては、けっして自らでは認識できないことがあるようにも思われます。

人が何かを身につけるのは、自己を豊かにするためだけではなく、それを他者と分かち合うためなのではないか、とも考えるのです。


六月から、お兄様小野元衞さんと先生の二人展があると伺いました。

また、お兄様の作品をめぐってお話しさせていただく機会があればと念じております。

ご多忙な日々が続いていらっしゃるかと存じます。御身、くれぐれも大切になさってください。

若松英輔

志村ふくみ様

京都
二〇一五年 五月十七日

五月も早やなかばをすぎました。

いつも適切な充実のおたよりをいただきありがとうございます。めまぐるしい四月は早車のように立ち去り、今ようやく何かが見えはじめたような気がしています。

昨日は神護寺に詣でました。私の足では不確かな石段を若い人に支えられてのぼりました。新緑の楓が谷を覆い、幽遠の底へ吸いこまれそうな古木《こぼく》の一群《ひとむれ》が揺《ゆら》いでいました。

風ではありません。そこだけがこちらを向いて、呼びかけられたかと思いました。

ここは、古く和気清麻呂《わけのきよまろ》、広虫《ひろむし》をはじめ、最澄、空海、文覚上人の修行の地であり、隣接する高山寺《こうさんじ》の峰には明恵《みょうえ》上人が樹上に祈られた森があります。若い時には感じられなかったそれらの霊気のようなものが風の如く揺いで見えたのです。先年といってももう十数年前ですが、この季節の虫干しの時、両界曼荼羅をはじめ朱衣の結跏如来、頼朝、重盛の肖像画を目前《まぢか》に拝しました。その時何か日本の美の奥底に触れたような数少ない体験を今も鮮烈におぼえています。今回はじめて多宝塔にのぼりました。小さな堂内に鎮坐される五大虚空蔵菩薩の五色に染めわけられた姿の美麗、驚くばかりでした。

その数日前、今京都博物館で開かれている「桃山時代の狩野派」展に行ってきました。今回、アルスシムラの課外授業に柄澤齋《からさわひとし》さんが提案された「神護寺と狩野派」のために、生徒一同と行ったのでした。特に狩野長信の「花下《かか》遊楽図《ゆうらくず》」をみての感想を求められました。私も昔から、この屏風に繰りひろげられる他とは全く異なる幽界の誘《いざな》いのようなものを感じておりました。

講義とレポート、話し合いをかさね、こうした少人数の親密な生徒との触れ合いがいかに大切か、それに応えてくれる若い人の熱意が伝わり、前回、学校の根幹について悩み、その糸口をどこへ向けてよいのかを若松さんに訴えていたことを思い出し、まさに「雨降って地固まる」ように問題が起った時悩むのではなく、いかに考えるか、そして一歩踏み出すこと、それが如実にわかったような気がしました。

鈴木大拙が、「はじめに道があった」と訳すべきだと言われたと、今回のおたよりにありましたが今、浮び上がってくるのは新しいことを行うのではな

曼荼羅 100, 234
「花下遊楽図」094

く原点なる経験を深めること、そして「事行」ということを書いて下さいましたね。

新しく嵯峨校をつくった時まず藍甕を据えました。学校でみなと共に藍染めをしよう、と。しかし現実はそんなに生易しいものではなく、藍師といわれる仕事は二代にも三代にもわたって藍一すじに行われるもので、未経験の講師や生徒にすぐできるものではありませんでした。事実はじめの藍は建たず工房の甕に移しかえてやっと建ったのです。素材としての蒅《すくも》も、純粋な灰汁《あく》もそうたやすく手に入るものではないのです。

併し、どうしても藍は学校で建てるべきだと何度か協議をかさね、私共の教育にいかに藍が大事か、それは単に藍を染めることではなく、藍を育て、日夜見守りその工程の中でさまざまの原理を学ぶのです。月の運行とか季節の移り変り、水のこと、温度のこと、すべて生あるものとのかかわりなのです。それこそが最も大切な教育であると、ようやく納得し、そのことによって他の諸々の問題への糸口を見出したような気がします。

若松さんが「どんなに未熟でも伝えるという責務が生れる。私はもう何かを受け取るだけの場にはいない。受け取ったものをできるだけ伝えていかなくてはならない、受け取る人がいる限り」といわれたことは切実です。

さらに他者に伝えるという道程を経なくては決して自らで認識することはできないといわれています。私達は生徒に伝え、分ち合わなくてはなりません。そうすれば必ず育ってゆくものが、講師の中にも生徒やお弟子の中にも芽生えるはずです。三年近くたってやっと少し道が見えはじめました。

その矢先、「宣長はいう。「意《ココロ》ト事《コト(ワザ)》ト言《コトバ》ハミナ相カナヘルモノニシテ」と。つまり精神と行為と言葉とは同じものだというのだ。この三位一体が彼の認識論の基本的方法である」と『吉田健一』（長谷川郁夫著）の中に書かれていて、さらにそれに続いて「本居宣長を所謂、現代語に直していてこれをそうする必要がどこにあるのだろうかと何度か思った。これ程簡潔に、また力強く自分が考えていることを言葉で表したものはなくて、ただそれについては簡潔で力強いのが解り易いのと同じこととは限らないということが確かにある。しかしそうするとその解り易いというのはどういうことなのか。もしそれが自分は少しも苦労せずに、つまり自分から解ろうという努力をしないで何かが頭に入って来るということならばそういうものに碌なものはない。ここで言う簡潔はその反対に解ろうとする気で自分の前の文章を解りに掛るものに対して要所要所に言葉を迎えに出してその真意まで引き入れる準備がしてある点で全く無駄がないということである。従って簡潔が何であるかを知るには

本居宣長 259

宣長の文章に直接に寄って見る他ない」と書かれています。

この本は読めば読むほど含蓄が深く、思わず引きこまれてしまいます。難解と思われる本を、心を傾け、内部に呼びかけ、はげましつつ読むことを、この頃楽しく思うようになりました。

こうして往復書簡を交わすことは、単なる手紙ではない、相呼応するものがなくてどうして熱く筆をとることができましょう。

手紙 258

門の前に立ちつくし、扉を叩くとき、風のようにそのこたえがかえってくるのです。

次回も楽しみにしております。

志村ふくみ

若松英輔 様

第 8 信

東京
二〇一五年　六月三日

暦と身体で感じる季節のあいだに、小さくない齟齬《そご》がはっきりと見られるようになってから、もう何年が経ったでしょうか。東京ではすでに初夏の陽気で、窓を開けたまま寝る日もあるくらいです。いかがお過ごしでいらっしゃいますでしょうか。

先日もお心のこもったお手紙ありがとうございました。しばらくお目に掛かっていない分、いただいた文字にも懐かしいお声を探してしまいます。

先日のお便りに明恵上人のことが書かれているのを見て驚きました。久しぶりに河合隼雄さんの『明恵　夢を生きる』を読んでいたところだったのです。この本もそうなのですが最近、二十代の初めごろに読んだ書物を、当時感じた衝撃を思い出しながら読み返しています。もっと率直に申し上げると、四半世紀かけて「読み続けている」と申し上げた方が実感に近いかもしれません。

一九八九年八月、二十一歳のとき河合さんとヨーロッパを旅する機会がありました。そのときにこの本に署名をしてもらったのを今も大切にしています。
この本で河合さんは、明恵がインドに渡ろうとしたときの心境にふれ、「明恵にとっては、何も新しいことなど必要でなかった。彼にとっては仏陀の存在がすべてであった」と書いています。明恵にとって仏教とは、教学となった教えであるよりも、時を超え、今も流れ出るブッダの声だというのです。ブッダは千八百年前にインドで生きた人物であると共に今も「生きている」。彼にとってただ一人、師と呼びえる存在だったのだと思われます。

ブッダ 244, 264

さらに河合さんは、仏弟子として生きる明恵の態度にふれ、「仏陀には及びもつかぬという自覚はあっても、何か新しいことを見出そうなどとは考えてもみなかったであろう」と述べています。新説を唱えることではなく、先師の言葉の奥に潜む秘義を今によみがえらせることが自分の仕事だと考えていたというのです。

明恵に限らず、優れた人物に共通して感じられるのは、独自性の発揮や個性的な言説などが、けっして第一義のことにはなり得なかったということです。こうした人々の本願は、伝統を創造的に継承し、新生させることでした。河合さんは先の一節に続けて、弟子による言行録『却廃忘記《きゃくはいもうき》』から明恵が語ったとされる次のような一節を引いています。

ワレハ天竺《てんじく》ナドニ生マレマシカバ、何事モセザラマシ。只五竺処々ノ御遺跡巡礼シテ、心ハユカシテハ、如来ヲミタテマツル心地シテ、学問行モヨモセジトオボユ

もし自分が、ブッダ生誕の地であるインドに生まれていたら、ブッダの旧跡を訪れ、先師を思うことだけで満足して、学問においても、行においても格別の努力などしなかっただろうというのです。

今では使わなくなりましたがかつて、「渡天」という表現がありました。「天」は天竺、もちろん、今のインドのことを指すといえるわけですが、「天」という文字には単に地理的な場所に留まらない意味の奥行きがあります。

明恵は、渡天を試みますが失敗します。しかし、彼は内なる天竺においてブッダと言葉を交わさない日はなかったといってもよいのだろうと思います。河合さんはこうした明恵の境涯を語るにあたって、強い共感をこめながら、白洲正子が明恵を語った次の一節を引きます。「明恵が信じたのは、仏教ではなく、釈迦という美しい一人の人間だったといえましょう」。

明恵 250

こうした存在は、ゴッホにとってのキリスト、あるいはドストエフスキーにとってのキリストでもあるわけです。白洲さんは、明恵を書きながら小林秀雄の『ゴッホの手紙』や『ドストエフスキイの生活』を思い起こしていたように思えてなりません。

『明恵　夢を生きる』はとても優れた作品なのですが、白洲さんを別にすれば、明恵を愛した他の文学者にはあまり言及されていません。その一人は小林秀雄です。そしてもう一人が川端康成でした。川端さんが、ノーベル文学賞を受賞し、その記念講演で語ったのが「美しい日本の私」ですが、その冒頭、彼は道元と共に明恵の次の和歌を引いています。

雲を出でて我にともなふ冬の月風や身にしむ雪や冷めたき

道元 250

ここでは仏教の教学は影をひそめている。しかし、世界にむけて謳われた静謐な告白がある。情景を静かに歌い上げながら、深い霊性の表現になっていることに驚かされます。川端さんは道元、明恵の歌を引きながら、この鎌倉時代の僧は、求道者であり、優れた思索者であるとともに、秀逸な詩人だったことに注目しています。また、宗教と哲学と文学が一人の人間のなかに共存していたというのです。川端さんはもう一首、次の明恵の歌を引きます。

あかあかやあかあかあかやあかあかや
あかやあかあかあかあかや月

ここでの「あか」、あるいは「あかあかや」は、光に魅せられた人間の、言葉になろうとしない詠嘆の表現ですが、同時に尽きることのない感謝の表現であるように思われます。彼にとって「月」は、彼方から差込む光の源であるだけではありませんでした。月の光はあるとき、ブッダの声ならぬ「声」に、言語の姿を超えたコトバのように感じられたはずです。

人は太陽を眺めることはできません。しかし、月は飽くことなく、見て、眺め暮らすことができます。太陽は畏怖の念を起こさせますが、月光は、穏やかに私たちの横に寄り添って、傷ついた魂を慰めてくれるように思われます。

先だってのお手紙のなかで狩野長信の絵をご覧になったときのことを語ってくださいました。美と信はいつから分かれてしまったのでしょう。長信の時代、絵は、単なる装飾ではなく、色というコトバで語られた美の讃歌でした。

今、岡倉天心とその弟子、あるいは柳宗悦と民藝の歴史を考えているのですが、少なくとも柳さんの時代まで、美と信は一つのものであると語られていた。「美信一如」あるいは「美の法門」と柳さんがいうような地平があった。それをよみがえらせようとしている一群の人々がいた。

志賀直哉、武者小路実篤、柳宗悦を中心に「白樺」に集った人々に問題だったのは、真善美の探究でした。何がそれらを表象しているかは二義的な問題に過ぎませんでした。文学、哲学、宗教、絵画、彫刻、あるいは声楽など、分野の違いを厭うことなく彼らは確かなるものを探しました。

「白樺」は西洋絵画を日本に紹介することにおいてもじつに大きな役割を担いましたが、その影響を真正面に受け止めたのが小林秀雄でした。彼の代表作の一つ、『近代絵画』は、印象派の画家の画業と境涯を論じた作品ですが、その最初の章で論じられるのは詩人ボードレールです。印象派の出現という美の革命を準備したのは先行する画家ではなく、『悪の華』を書いた詩人であるというのが彼の認識でした。

画家たちは詩人の遺産を引き継ぎ、詩人が確かに目撃しながらも充分に表現し得なかったことを文字ではなく、絵画によって表現したというのです。

また小林は、セザンヌに聖者の姿を見ます。彼が言う「聖者」とは、倫理的

岡倉天心　252
柳宗悦　238, 250, 263

『近代絵画』　241

に清貧を生きた者ではなく、世界が聖なるもので満ち溢れていることをその生涯を通じて体現する者の呼び名でした。

先日、島根県立美術館で行われた川端康成と東山魁夷の交流とその蒐集したものを展示する「川端康成と東山魁夷—巨匠が愛した美の世界—」を見てきました。作家、画家と活動する領域は違うのですが、美の探究において二人は、この上なく強く、また烈しい共振と共鳴のうちに信頼を深めていきます。この二人も、セザンヌと同じく美の使徒と呼ぶべき人々でした。川端さんは魁夷の作品にふれ、こう書いたことがあります。

もつとも高い芸術はすべてそのやうに、人の魂の底にしみて、霊を目覚めさせるものでなければならないだろう。短い時間の美感に訴へるに終つてはならぬ。

「東山魁夷私感」

ここでの霊とは、先生も幾度も書かれているように存在の根源であり、人間が超越と交わる場でもありますが、美しさばかりが語られ、美が忘れ去られている現代、人間が霊なる存在としての自分を見失うことがあっても不思議ではないのかもしれません。

美は、いつも霊に語りかける。私たちは美にふれることで内なる霊があることを知る、と川端はいいます。これは彼の根本信条でもありましたが、こうした言葉はそれを目にした者を動かさずにはおきません。この一節は、私の人生という道を照らす光となっています。

ドイツにお出かけになると聞きました。くれぐれも大事になさってくださいませ。じつは私も今月の下旬から、先日ご紹介した親友の神父と共にミラノに参ります。いつか訪れたいと願っていました須賀敦子にゆかりの場所を歩いてみたいと思います。

あちらでは旅日記の代わりに少しずつ、先生にお手紙を書くことで、目にし感じたものを文字に刻むことができましたらと存じます。

七月にはぜひ、お目にかかれましたら幸いです。

重ね、旅のご無事をこころよりお祈り申し上げております。

若松英輔

志村ふくみ様

京都
二〇一五年 六月十日

月がかわると何となくおたよりを心待ちにするようになって、この往復書簡も八回となりました。いつまでも続けていただきたいような、これが終りであってもいいような気持ですが、それはおたよりをしなくても何かがずっと続いてゆくように思われるからかもしれません。おたよりをいただいて何を書こうかではなく、語りたいことが自然に湧いてくるのです。日々切迫した問題が絶えまなく波のようにおしよせて、待ったなしの毎日です。そこへ、はっしとばかり受けとめて下さるおたよりがとどくのです。

今回もまさしくそうでした。柳さんの説く美と信の問題のところで、美と信がいつから別れてしまったのか、「美信一如」「美の法門」のような地平があり、それをよみがえらせようとしている一群の人々がいた、とお書きになっていましたね。一度別れてしまった美と信が再び結びつくことがあり得るのか、切実に問わねばなりません。疑うのではなく、魂をそこへ向き合わさねばならない地平に立っているような気がします。まるで真逆のような現代社会の中で屢々《しばしば》立往生してしまうのですが、一方でそれ故にこそ、柳さんの説く思想を頭で理解するのではなく目前の仕事にどのように結びつけることができるのか。私ひとりで仕事をしてきた時とは違います。民藝という抽象概念を現実の網の中へ、中心を崩さず、これから仕事をしようとする若い人々にどう伝えるか。それは不可能に近いほど至難なことかもしれません。

今はもう民藝と呼べる仕事などあり得ないのか、私達は本当に民という自覚があるのでしょうか。問題はあまりに大きく深刻です。

民藝 238

柳さんの長男柳宗理さんは工業《インダストリアル》デザイナーとして立派な御仕事をなさいました、それが現代における民藝なのでしょうか。または個々の自覚をもった人々が芸術を目指して仕事をする道しかないのでしょうか。併し私達はもう学校という道を選択したのです。生徒達は真剣なまなざしで問うてくるのです。とつおいつ考え抜いた時、唯一浮び上ってきたものがあります。手仕事ということです。昔の人のように無心に仕事をすることはできませんが、人間の精神の根底を流れているものは変らないと思います。手仕事をとおして物に向き合うことはできると思います。物は無言ですが深い智慧に充ちています。格の高い存在です。人間は物によって目覚め、智慧をあたえられたのです。そのことをわかった時、物はその本然の姿をあらわし、手と一体になって物が生れるのです。それはおのずから美しいと、柳さんは説いているのです。

若松さんもご存じの、私の家の座敷に黒田辰秋さんの今から九十年近く前につくられた朱漆の円卓があります。それは両親や兄弟が毎日台所で食事をし、そのまわりで遊び、傷つけたりして、私の代になってからは子供や孫がさんざん使いつくし、今や朱の中から黒漆があらわれて見事な根来《ねごろ》の卓となって座敷に昇華して輝いています。おそらく並の卓袱台であればとっくに使い捨てられていたでしょう。この円卓は家族と共に生き、使いこなされて本来の美しい姿をあらわしたのです（美術館に収まった同じものは朱漆のままの姿です）。円卓は人と共に九十年生きてきたのです。

「木と漆は相性がいいのだ。お互いに生きて呼吸している。木は漆を塗られてよろこんでいるのだ」と黒田さんはかつて語ってくれました。私も六十余年、植物から色を得て糸に染めてきました。たしかに糸も色も共に生き、輝いています。そして人のからだと心を包み、私は今も六十年前の着物をまとい守られています。色はそれなりに歳月を経てしっとりと落ついています。私と共に年とってきたのです。

先日一つの着物を織り上げました。昔、近江に住んでいた時、母が近隣の

黒田辰秋 090

農家の、もう農作業ができなくなった老婦人にさまざまの糸を繋ぐ仕事をお願いしてくれたのです。それは藍に白や金茶など美しい糸玉になって、それで秋霞を織ったのです。その糸玉が葛籠《つづら》や苧桶《おぼけ》に入って、しまわれています。私は勿体なくて少しずつ使っていましたが、先日一つの着物に昔を思い出して、入れてみたのです。その時、もうこの先何年織れるものでもなし今使わねばと、思いきって繋ぎ糸ばかりで織ってみようと思い立ちました。今はこの世にない老女の手によって一本一本つながれた糸（一つの繋ぎ糸の玉の芯に使われていた新聞紙は、昭和三十七年と記されていました）、何十年ぶりかに日の目をみた糸がよろこんでくれるような織物を織りたいと思いました。どんな時代になってもどこかで一筋繋がれた糸が続いてゆくのだと思います。

この問題に悩み、考えていた時、柳さんの『法と美』という本の中にふしぎな言葉を見つけました。それは「金剛経」の中の一節です。

「仏説　般若波羅蜜　即非般若波羅蜜　是名般若波羅蜜」。

（仏は説き給う、般若波羅蜜は即ち般若波羅蜜に非ず、是を般若波羅蜜と名づく）。

これは簡明に申せば「甲は甲ではない、之を甲と名づける」ということになります。

まことに不合理な解釈です。私も全く理解できずにいましたが、何かここに深い真理があるような気がして柳さんの説を読んで、ああ、とつよく納得するものがありました。「民藝は民藝に非ず。これを民藝と名づける」と言い換えた時、今までの暗雲がさあっと晴れたような気がしたのです。私はかつて民藝を疑い、否定し、自分の仕事をひとりでやって来たと思っていましたが、それは全く違っていました。今私と私の周囲の人々、弟子、生徒達のこれからの仕事は、或る協同体でなされる仕事になってゆくでしょう。まだまだ宙をつかむような状態ですが、柳さんの提唱された民藝協団は形を変え、次の世代で生かされるのではないでしょうか。その予感とも告示とも思われる言葉に出会いました。

次回は若松さんはミラノからのおたよりになるとのこと。須賀敦子さんの歩んだ道をたどられるとは、どんなおたよりになることか、とてもたのしみです。私も明後日からベルリンで開催される展覧会に行ってまいります。もし願いがかなえばゲーテアヌムに詣《もう》でたいと思っております。いずれまたご報告申します。

くれぐれも御大切になさってくださいませ。

志村ふくみ

若松英輔 様

第 9 信

東京
二〇一五年 七月 八日

先日は、久しぶりにお電話でお声を聞くことができて大変うれしく存じました。ドイツでの展覧会のあと、フランス・コルマールでグリューネヴァルトのイーゼンハイム祭壇画をご覧になられ、その後、シュタイナーのゲーテアヌムに行かれたとのこと。先生が何をご覧になり、何をお感じになったか、とても関心がございます。ぜひ、お聞かせくださいませ。

十数年前、私もまったく同じ道をとおってゲーテアヌムまで参りました。二月でとても寒い時節でしたがその分、あの、今にも動き出しそうな建築の内部の熱ならぬ「熱気」ともいうべきものをいっそう強く感じたのを今でもはっきり覚えています。いつの時代から人は、建築にいのちを吹き込むことが困難になっていたのか、そんなことを今回のミラノの旅でもずっと考えていました。

ご存知の通り、ミラノの真ん中には現地では「ドゥオーモ Duomo」と呼ばれている大聖堂があります。十四世紀の終わりごろに着工し、五百年の歳月が費やされ十九世紀に完成しました。文字通り巨大な、と言ってよい教会なのですが、実際その前に立ち、また中で佇んでみると、むしろ愛おしく感じられるのは、個々の人間の内にある小さきものでした。

少し奇妙な感じがするのですが、この大聖堂は、見る者を大宇宙にではなくむしろ、小宇宙へと導きます。自分のほか、誰も顧みることのない思い、祈り、あるいは願い、そうしたことが絶対的な意味をもって存在していることがはっきりと分かるのです。

誰の胸にもかけがえのない宝珠のような、自分でも気が付かない悲願があって、それが人間と人間を深くつなぎ止めていることを思い出させてくれる、そう思われました。

ミラノは初めてなのです。イタリアの他の都市は訪れたことがあったのですが、ミラノは今回までなかなか縁がありませんでした。しかし、これほど懐かしいと感じた海外の街もありません。イタリア語もできませんし、目にする人々の様相も自分とはまったく違う。しかし、表層的な現象の差異を超え、空気を感じてみると、そこには文化と時代の違いが消えて行くような場が確かにある。須賀敦子さんが愛して止まなかったのは、ミラノという街のこうした力だったのではあるまいか、そんなことを考えていました。

今回の旅には、はっきりとした目的があったわけではありません。むしろ、日常に忙殺され、飛行機を降りてミラノに着いても、どこへ行くのかまったく決めていなくて、準備の悪さに自分でもあきれたくらいです。

とはいえ私にとってミラノは、須賀敦子の暮らした街以外の何ものでもなく、彼女が想われる幾つかの場所を訪れることができれば、旅はほとんど成就したと言ってよい、そんなつもりで出かけ、事実そうなりました。須賀さんは十一年間ミラノで暮らしましたが、とうとうガイドブックを買わなかったと書いています。自分がこの街を歩いてみて、彼女の心持ちがじつによく分かりました。その場所を歩く前に知識を取りこむことが、歴史との対話を阻害するのです。

彼女が長く働き、また、夫とも出会ったコルシア・デイ・セルヴィ書店は、今ではサン・カルロ書店と名前が変わりましたが、当時と変わらない佇まいを残しています。ミラノ大聖堂にむかって左の道を斜めに進むとサン・カルロ教会があり、そこに間借りするような形で書店は今も経営されています。教会自体が古いですから、書店も必然的に須賀さんがいた四十余年前と変わらないのもうなずけるのですが、それだけでなく書架に並んでいる本がコルシア書店と呼ばれていた当時のままであることに、じつに強く動かされました。

須賀敦子 226

「せまいキリスト教の殻にとじこもらないで、人間のことばを話す『場』をつくろう」、そうした理念のもと、コルシア書店は始まった、と須賀さんは『コルシア書店の仲間たち』に書いています。また、当時書店に集った人々の光景を彼女は、次のように描き出します。

夕方六時をすぎるころから、一日の仕事を終えた人たちが、つぎつぎに書店にやってきた。作家、詩人、新聞記者、弁護士、大学や高校の教師、聖職者。そのなかには、カトリックの司祭も、フランコの圧政をのがれてミラノに亡命していたカタローニャの修道僧も、ワルド派のプロテスタント牧師も、ユダヤ教のラビもいた。そして、若者の群れがあった。(中略)共産党員がキリスト教民主党のコチコチをこっぴどくやっつける。だれかが仲裁にはいる。書店のせまい入口の通路が、人をかきわけるようにしないと奥に行けないほど、混みあう日もあった。

「銀の夜」『コルシア書店の仲間たち』

ほとんど毎日が、小さな宗教者会議だったというのです。場があり、信頼がそこに生まれれば人は必ず、互いに胸襟を開いて語り始める。宗派、思想の差異は、人間のあいだを別つものではなく、むしろ、関係を深める契機になる。意見の異なる者は敵対する者ではなく、ときに導師になるとすら彼女はいいたいように想われます。

誰もが自分一個だけでは不完全であることを深く感じ始め、他者との対話のなかに失われたものを探そうとするというのです。

今回、書店の書棚を見て驚いたのは、ディートリッヒ・ボンヘッファーの著作が大切に並べられていることでした。ボンヘッファーはプロテスタントで、ルター派の牧師であり、カール・バルトと並び二十世紀を代表する神学者でもありました。しかし、彼は一九四五年、ナチスによって捕えられ、処刑されます。三十九歳でした。ヒトラーの暗殺計画に参加したことが発覚したのです。ボンヘッファーはガンディーの思想に強く影響された非暴力主義者でした。こうした人物が仲間と共にヒトラーの暗殺に本格的に参与したのです。

彼の決心の底にあったのはもっとも高次な意味における「犠牲」だったと思うのです。彼は一身に罪を背負い、世に光をもたらそうとした。彼が獄中から送った手紙が残されていますが、最後までボンヘッファーは冷静でした。

熱狂ほど、この人物から縁遠いものはありません。

今年は、戦後七十年を迎える年です。ボンヘッファーの没後から数えても同じ歳月が流れたことになります。

須賀敦子とボンヘッファーに思想的、神学的な共振があることは以前から感じていました。そのことをめぐって文章を書こうと思っていた矢先、それを傍証するかのように書店でボンヘッファーの書物が複数、それもとても大切に扱われているのを見たとき、強い衝撃に全身を貫かれた思いがしました。この光景を見るためだけに日本から来たのだとしても、私はまったく後悔を感じなかったと思います。

事実、コルシア書店に集った人々にはファシズムと闘った者も少なくなかったのです。そうした闘士を「パルチザン」と言います。書店の誕生に決定的な役割をになったダヴィデ・マリア・トゥロルド神父、須賀さんの夫となるペッピーノもその一人でした。ダヴィデ神父は詩人としても認められ、須賀さんによると「登竜門といわれたヴィアレッジョ詩賞を獲得した人物」でもありました。

イタリア語もできないのですが、今回、この神父が自作の詩を朗読するCDを買ってきました。ダヴィデ神父にはパルチザン時代のことを謳った次のような詩があります。

神を信じるものも、信じないものも、
みないっしょに戦った

須賀敦子訳

須賀敦子が優れた文章家であることは論を俟ちません。しかし、彼女は世に言われるようなエッセイストではないのです。彼女の作品はむしろ小説でした。また、敬虔な信仰者で、しっかりと神学的研鑽を積んだ思想家でもありました。時代の不正と言葉で闘う勇気をもった勇者でもあったのです。『コルシア書店の仲間たち』で須賀さんは、フランスの作家ジョルジュ・ベルナノスを「英雄」と呼んでいます。ベルナノスもファシズムと闘った人物でした。

当時カトリック教会は、ファシズムが跋扈するのに十分抵抗することができなかった。そのことに強く否を突きつけたのがベルナノスでした。そのためにこの作家はほとんどカトリック教会から追放されるような処遇を受けることになります。

かつてコルシア書店だった場所に立ち、須賀敦子の精霊を感じながら、イタリア語に訳され、カトリック系の出版社から刊行されたボンヘッファーの書物を手にしつつ考えるのはやはり今日の日本です。ファシズムの勃興という点において愚かしいほどに近似した私たちの足下の状況です。

今の日本と第二次大戦下は違うと、日本の経済力、政治力の在り方を列挙して反論する人があるかもしれません。しかし、そうした差異の下には今も脈々と世界を破滅に導くような動きがある。文化、言語、歴史を異にする他者と対話するより先に、争おうとするような愚劣な精神が蔓延している。

昨今、考えておりますのは非戦論です。戦いをよしとする例外的状況ばかりが検討される日本において、いかに非戦を現実の問題として語り得るかを考えております。須賀敦子を読み直さなくてはならないと強く感じているのもそのためなのです。

「非戦」とは、日清戦争後、日露戦争に向おうとするとき幸徳秋水によって、あるいは内村鑑三によって語られました。幸徳と内村は近しい関係にあります。二人は思想、信仰の差異を超え、信頼を深めました。一見すると須賀さんと無縁のような感じがしますが、内村と幸徳の二人の間にあったのもこれまで見たようにコルシア書店の理念に他なりません。

内村鑑三 246, 248

こうしたことも私は、ふくみ先生から学ばせていただきました。今の日本はすでに太平洋戦争下の日本に酷似していると幾度も、また、力強く語っていらっしゃる先生の姿を、ミラノにいる間も繰り返し想い出していました。

来週、京都に伺わせていただきます。

久しぶりにお話しさせていただけますこと、心からうれしく存じます。

数日、少し肌寒い日が続いております。くれぐれも御身大切になさってくださいませ。

いつもながら、とりとめのないお手紙にて失礼致します。

若松英輔

志村ふくみ 様

京都
二〇一五年 七月十日

ミラノ通信、ありがとうございました。

期せずして同じ頃、欧州を訪れていたのですね。コルシア書店の薫りが伝わってくるような、若松さんの視線がその書棚に凝縮してゆくのがよくわかりました。旅は、とくに異国への旅は、どこか全存在を意識せずにはいられないような稀有な時間です。今回私も、十日間にそれを感じない日は一日もありませんでしたが、とくに後半ベルリンでの仕事を終えバーゼルに向った時から非日常的な空間に放り出されたような気持になり、今思い出しても本当に私はそこへ行ったのかと信じられない気がするのです。それは多分に私の年齢、まさかこの年でゲーテアヌムに参るとは、という望外の思いがつよかったのかもしれません。ベルリンのブローハン美術館での展覧会は、パリの時と同様、それ以上に表現の自由というか、私の作品を全く異なる角度から評価し、たとえばジャポニズム（その美術館はその傾向の作品を多く所蔵していました）の観点からもみていて、展示の中にそれを感じるものがありました。異文化のものとして「俎上の鯉」となって思う存分表現していただくのがいいと思いました。窮極は、どんな環境にあっても作品が語るのですから、私はドイツの方に展示をおまかせしたのです。結果は、それがよかったと思いました。

言わず語らず（ドイツ語はできませんし）お互いの眼を見合って確認したり、否定したり、了解し合うのに時間はかかりませんでした。どこかドイツと日本の間には気性が合うというか、ノイズが入らないからっとした部分があるのですね。

さきの大戦で古い建造物のほとんどが崩壊した市街は、近代的な建物が立ち並び、少し意外でしたが、どの道も空を覆うばかり菩提樹《リンデン》が今花盛りで、私は思わず手を伸べて、これで染めたい、と何度か口走ったのですが、「一枝なりとも切ったら捕まるのですよ」といわれ驚きました。「私達は森の民です。自分の庭の木も切るのに許可がいるのです」と、私達のようにそこら中の木や草をとって染めたりしたら忽ち捕まってしまうのですね。それでも、ワークショップの（染めの教授）クンツ先生は私の熱意にほだされてか、ひそかにリンデンを炊いて待っていて下さいました。芸術大学の生徒さんと一緒に、リンデンのほか立葵、茜など染めた日はみな高揚して美しい色の中で睦み合いました。

作品展示だけでなく、植物をとおして思わず手を取り合ってよろこぶ姿を若い人々にみる時、国境は消えていきました。非戦という若松さんの言葉を思い出します。難解な文章で私達を煙に巻く政策ではなく、大いなる無意識の風潮を正す、一筋の、一滴の水が岩を穿つように渾身の願いを持って非戦の道を求めることはできないでしょうか。

ベルリンでの仕事を終え、バーゼルからコルマールに向いました。かつて十数年前、グリューネヴァルトの祭壇画を訪ねたことがあり、その印象があまりに強くのこっていましたが、今回もう一度この磔刑図の前に立った時、歳月を経て深く喰い込む深淵の凄さ、凝視することができずになお立ち去りがたく、そこに石のように蹲《うずくま》るのでした。

去年十二月巴里を訪れた時、全く偶然に私は『イエスの生涯』(遠藤周作著)を飛行機の中で読んでいました。ふと隣を見ると、洋子もまた同じ本を読んでいるのです。ふしぎに思ってよく見るとそれは『キリストの誕生』でした。私は迂闊にも連著であるとは知らなかったので、読み終るとすぐさま『キリストの誕生』を読みました。

「無力だったこのイエスがなぜその死後、神の子とみなされたのか。彼が十字架にかけられた時、見棄てて逃亡したあの弟子たちがその後なぜ、命をかけてイエスの教えを広めようとしたのか。イエスはなぜ無力なるイエスから栄光あるキリストに変ったのか。弱虫だった弟子は何故、強い信念と信仰の持主になったのか」（『キリストの誕生』）

この疑問のこたえを求めて心は逸《はや》り、旅の間中、この著書の空間にいたような気がします。そしてこの祭壇画の前で烈しくそれを問いたく思いました。まるでそのこたえがここにあるかのように。たしかにこの磔刑図はあまりあるものを訴えかけ、無言で跪《ひざまず》かせます。

今回の旅に出かける寸前、私は書棚から『シュタイナー哲学入門』（高橋巖著、角川書店）をとり出して持ってきました。ゲーテアヌムを訪ねることと、この往復書簡の七信目に若松さんがこの本を何度目か読んで深く感銘されたという箇所を思い出し、私も今回の旅の友はこれだと思ったのです。機中もホテルの夜も朝もずっと読み続けました。私も若い頃読んでいたのかところどころ赤い線がひいてありました。しかし今回は特別です。もうすぐこの世ではかなわないと思っていたシュタイナーの聖地に伺うのです。

六月のドルナッハの丘は緑の大樹に光が射し、雨に濡れ、瑞々しくも輝いて、ラベンダー、紫陽花、薊《あざみ》、白い小花が咲き、小さな驢馬が子供たちを乗せて丘をめぐっていました。「ゲーテアヌムのこの空間に身をおくだけでい

イエス 244, 264
ゲーテアヌム 087
シュタイナー 086, 087, 230

いのです」と若松さんが言われたとおり、この大伽藍のステンドグラスの光のもとに身をおき静かに祈ると、ある霊的な訪れが近くに感じられ、書籍や講義の中で想像していたものに突然息吹きがあたえられたように、長い歳月、夢に見たシュタイナーの言葉がここに生きているのでした。

　丘をめぐるうちにシュタイナーのお墓に導かれました。杉や楢の大樹の木影に石碑がありました。私はそっとそのあたりの小石をひとつひろいました。ご案内の浅田豊さんからゲーテアヌム炎上のお話を伺い、何か胸騒ぐ思いでいましたとき、シュタイナーが最期を迎えた木工の小舎《こや》に案内していただきました。

　粗末な木組の室に、白い布に覆われたシュタイナーのデスマスクが百合の花と共に飾られていました。ここだけは火災からまぬがれたそうで、最後までゲーテアヌム再興を願って見守っていたシュタイナーの悲痛な一念が感じられ、しばらく身動きもできない衝撃でした。

『シュタイナー哲学入門』に「神秘学的な内的体験と理論理性とを統合しようとする、じつに強い意志がはたらいており」と高橋さんは語られていますが、そのために一生を捧げたシュタイナーの最期に神の試練ともいうべきゲーテアヌム炎上がおこったことは、なぜかイエスの生涯を思わずにはいられませんでした。居間や病院ではなく、あの木工小舎で亡くなられたことを痛ましくも崇高な思いで胸に刻みました。

帰国してまっさきに机上にみたのは『シュタイナー哲学入門』(岩波書店)の文庫でした。しかも若松さんの解説。何という共時性でしょう。そして高橋先生の京都の講義(六月十四日)はゲーテアヌムの炎上から始まったそうで、同じ頃に私たちはゲーテアヌムでその話を生々しく聞いていたのです。

そのときのテキストは「共同体を人智学的に形成するために」第六講で、一九二三年二月二十七日とあり、そのときシュタイナーはこう語ります。「今日皆さんの前でお話する私の気持は、これまでと同じではありません。一九二二年大晦日《クリスマス》から一九二三年元旦にかけての夜以来、私の心は燃えるゲーテアヌムの身の毛もよだつ光景からはなれられずにいます。このゲーテアヌムを愛してきた私たちにとって、悲しみがあまりに辛く、あまりに大きくてとても言葉にはならないのです」と。

それらの言葉が、シュタイナーが心身ともに病んで身を伏せたあの小舎の最後の姿にかさねて思い浮ぶのです。そして若松さんにいただいたシュタイナーの『遺された黒板絵』が今、私の手もとにあります。ゲーテアヌムを訪れてのち、この黒板絵がどんな役割をもって私に迫ってくるか、これも今回の数々の共時性のふしぎの中に入っているのです。人はある時、目に見えない紗幕《ヴェール》をとおって何かが見えてくるようです。シュタイナーのこの黒板絵はほとんど死の前年、或はその時期近くに語られ、描かれています。それまで語られていなかった宇宙的な言葉がのこされています。

エーテルは知覚できませんが、天の青さとして現れるエーテルだけは、見ることができます。

一九二四年六月四日

人間よ、お前は宇宙の縮小された姿だ。
宇宙よ、お前は遙かな果てにまで流れ出た人間の本質だ。

一九二一年十月八日

次回は京都でお目にかかれますように。
御大切になさって下さいませ。

志村ふくみ

若松英輔 様

第10信

東京
二〇一五年 八月 五日

先日は、久しぶりにお目にかかれまして、本当にうれしく存じました。気が付けば六時間もお邪魔しておりました。やはり先生とお話させていただくひとときは、私にとって、何事にも替え難い意味をもっておりますことを改めて感じ入りました。


さて、早いものでもう八月になりました。

中学生のころ学校で、昔は八月を葉月と呼んだと習いましたが、ご存知のとおり当たらずとも遠からずの説明で、旧暦ですと今の時分はまだ、文月に当たります。この名前は、文を書くことから来ているとの説があるようです。

かつて文字を書くとは、自らの思いを世に表現する営みであるより、人目を忍んでそれを何ものかに送り届ける行為でもありました。誰にも分かってもらえないとしても天は、あるいは遠くにいるあの人は分かってくれる、そう願いながら先人たちは無数の歌を詠んできたように思われます。純粋な意味での「日記」ではなかったにせよ、『土佐日記』、『更級日記』をはじめ、『奥の細道』に至るまで、広義の日記文学が日本で栄えたのも、こうした言葉の秘義を知った人々が少なからずいたことの証しなのでしょう。

日記を書くことはないのですが、あるときから、言葉を書くとはそもそも日記のようなものであることに気が付きました。

人は誰も、今しか書くことができないものを、そのときどきに書いている。頭では、今日ではなくて明日でもよいと思ったとしても、現実は違って、今日の言葉は、今、このときにしか生まれないものであることを近ごろは強く実感しています。

時間があれば書ける。着想があれば、知識があれば書ける。そうした文章も確かにあります。会社の事務的な文章などはその典型ですが、そうした機能としての文章ではなく、井筒俊彦がいうコトバ、それぞれの人の胸にある、固有の意味のうごめきを綴ったものは、二度と還ることのない、今の力を借りてこの世に姿を顕わします。

今日の方が明日よりもよいものを書くことができるか、それは分かりません。何の保証もなく、ただ、今あるものを何ものかの力を借りながら作り続けるほかないのですが、そうした中でも、今こそ手を動かすときだと感じる

コトバ 260

こともあります。むしろ、その「時」が、いつ来てもよいように書き手はつねに準備をしていなくてはならない、そんな風にも感じております。

こうしたことを書かせていただいておりますのも、先日、宇都宮美術館でパウル・クレーの展覧会を見たためなのです。

クレーは、生涯に一万点を超える作品を残しました。多作というにもあまりに数多く描いたのですが彼は、先に述べましたような創作の秘密を深く認識していたように思われます。

作品は生むのではなく、生まれるのであって、それがいつ顕現するかは作者も知ることはできない。湧き出るいのちを見過さないために画家は、いつも身体の続く限り描いていなくてはならないと、クレーは感じている。

いつも描いていると言ってもそれは、四六時中、キャンバスに向っていることを意味しません。しかし、画家の魂はいつも色と線の到来を待ち構えている。世界のあらゆる場所が「アトリエ」だったと言った方が、クレーの心情に近いのかもしれません。

描こうと思う、しかし、実在は彼の手が動くのを待たずに去ってしまう。彼は、私たちが目にすることができる一万余点の作品のほかに、どれほどの見えない作品を自身の内で描いたことでしょう。むしろ、彼の作品を見るとは、彼が描くことのできなかった「絵」を、その奥に見ることだとすら言えるのではないでしょうか。作品は扉で、画家が異界に描いたもう一つの作品へと私たちを導いてくれるように思うのです。

同質のことはリルケの作品にも感じます。もし彼の書簡を一つの「作品」だと考えるとすると、この詩人もクレーに勝るとも劣ることのない数の作品を残しています。リルケは詩人として世に広く認められる前も、ロダンの近くにいるときも、戦争のさなかも、また『ドゥイノの悲歌』の完成に至る晩年にも手紙を書きました。知人だけでなく、未知の読者からであっても真摯な言葉が寄せられれば、必ずそれに応えました。

『薔薇のことぶれ　リルケ書簡』で先生は、リルケの書簡が捨てられずに残っていることの不思議と、その必然にふれていらっしゃいました。たしかにあのような手紙をもらった者が、どうして反故にすることなどできましょう。

手紙のなかでリルケは、けっして解答を与えません。しかしいつも真摯に応え、応答します。自分が感じている、自分の心よりも、より近いところに寄り添うような言葉。他者から発せられているにもかかわらず、いっそう自分を深く、強く照らし出してくれる言葉にリルケの書簡は満ち溢れています。

おそらくリルケは、手紙を書きながら、ときに言葉に身体の自由を奪われる

リルケ 240, 242, 258

ような経験をしていたように思われます。

何を書くか、彼がそれを決めるのではなく言葉が決する。書き手は言葉に従うほかない。しかし、だからこそ、この人物を通じて、あのような美しいという表現を遥かに凌駕するような、荘厳《しょうごん》な言葉が顕われ出たのだと思います。

一九一五年、クレーとリルケは会っています。そのときのことをクレーは次のように日記に書いています。

> 私の水彩画が何枚かヘルマン・プロープスト博士のところにある。とても大切にしているという。ある日、リルケに私のことをはなしたらしい。リルケが、私の作品をぜひ見たいというので、何枚か作品をとどけた。そのうち、リルケは自分で私のうちへ返しにきた。かれの訪問をうけて、私はとてもうれしかった。
>
> 『クレーの日記』南原実訳

借りた絵をリルケが画家の家に自ら返しにいったという事実は、じつに興味深く感じられます。クレーもリルケとの面会を喜んでいますが、リルケもまた、クレーの姿を見、そして直接語り合うことを強く望んでいることが伝わってきます。二人はこの後、会うことはなかったようなのですが、面会は一度あれば十分だったに違いありません。

自分の内にあるものを、自分よりもはっきり表現している、異なる分野の表現者に出会う。自分よりも自分が感じているものを明瞭に表現する他者との出会いは、ほとんど奇蹟のようなものではないでしょうか。それは、人生の幸福でもありますが、一つの出来事でもあったでしょう。先の日記の一節にクレーはこう続けています。

これがきっかけとなって、私は《形象詩集》と《マルテの手記》を読んだ。リルケの感覚のこまやかさは、私と相通ずるものがある。だが、リルケがただ皮膚の下をいじくりまわしているとすれば、私は奥底深く核心めがけて迫ろうとする。リルケは、まだ印象派を抜け切ることができないのだ。私はといえば、印象派についてはたんなる過去の思い出をもつにすぎない。私の才能がもっともよくあらわれている素描や版画は、リルケの理解するところとならず、できそこないの色彩画のほうがいいと思っている。

ここに記されていることをそのまま、クレーの本心であると受け取るわけにはいきません。彼はリルケの詩と小説を読んで強く打たれる。しかし、そこで感動しているだけならクレーは、あれほど苛烈な生涯を送ることはなかったでしょう。また、もし、この日記がクレーのリルケへの讃辞で終わっていたら、格別ここに踏みとどまる意味を感じません。

ここには反発に似た共感がある。リルケの言葉は皮膚の下までは届く、一方、自分の絵画は見た者を魂の小部屋へと導くというとき、クレーの心にあるのは、じつに創造的な嫉妬です。

世の人は、詩人は言語を、あるいは音韻を用い、画家は色を、線を、構図を用いて、それぞれの世界を表現すると思っている。しかしクレーは、そうしたことは現象的な違いに過ぎないこともよく理解しています。この日記を読んだとき、クレーがいかにリルケをよく理解したかに驚きました。明言してはいませんがクレーは、リルケという人物の本性は、コトバによって絵を描くことのできる稀なる美の使徒であることに気が付いているのです。

コトバで絵を描く詩人、奇妙な表現ですがあえてリルケを特定の呼称で呼ぶとしたら、こうなるのかもしれません。先に見たクレーの日記は次の一節で終わっています。

ほとんど完璧といっていいほどのかれの容姿の端麗さは、いったいどういうところからくるのだろうか。どういう工夫をこらしているのか。私には分らない。

「ほとんど完璧といっていいほどのかれの容姿の端麗さ」とクレーは記していますが、先生もご存知の通りリルケは、世に言う美男子ではありませんでした。そのように見えるように撮られた写真もありますが、彼に近く接した女性たちが語っているのは、いわゆる容姿端麗なリルケの姿ではありません。

しかし彼女たちも、どちらかというと背の低い、見栄えがよいとは言えないはずのこの詩人の姿に、抗うことができないような存在の輝きを見ています。クレーが見ているのも同じ存在のきらめきなのでしょう。それが一般的な意味の「端麗さ」でないことは、クレーが絵画を通じて求めていた美の姿を考えるだけで十分に感じられます。

晩年リルケは、しばしば天使を描きました。一九二三年、クレーと出会う二年前の書簡で彼は、天使をめぐって次のように書いています。

傍観者たることは、天使の熱衷と合致しないのではないでしょうか。天使のうえに神が在り、天使よりもさらに行動的であるように、天使は行動の点でまたそれだけ僕たちに優っています。僕は天使を「ことにすぐれた」進攻者と考えています。

『リルケ書簡集3 遍歴時代』谷友幸訳

「熱衷《ねっちゅう》」という今日ではあまり用いられなくなった言葉は、ここで熱情や胸の内といった意味で用いられているのだと思いますが、リルケが考える天使がどこまでも「行動的」だったというのは関心をそそられます。

天使は、私たちの日常と深く関係している。さらにいえば、天使なしの日々など考えることもできないというのでしょう。同じ言葉がクレーの日記に記されていたとしても驚きません。ですが、こうしたことも現代では一つの比喩的な表現であると考えられそうです。天使は実在する。現代は、こんな素朴なことを感じることができないほど人間の声で世界がうめつくされている

天使 242, 260

のです。

今しばらく暑さが続くようです。京都は東京に比べてもいっそう厳しいのではないかとお察し申し上げます。くれぐれもご自愛くださいませ。

来週、広島に参ります。原民喜が「夏の花」で描いた場所を歩いてみたいと思います。彼と、彼に言葉を託した人々に、この作品から力を得ていることの感謝を伝えることができればと願っております。

遠からず、また、お目にかからせてくださいませ。

若松英輔

志村ふくみ様

京都
二〇一五年 八月 七日

おたよりをありがとうございました。

この長い歳月の中でこれほどの厳しい夏を経験したことがありません。どこか地球の歯車が狂ったのでしょうか。どうか無事、秋を迎えることができますようにと願うばかりです。と申しましても、この猛暑の中、先日から高野山合宿、軽井沢、ルヴァン美術館と、今日は明日から開かれる滋賀県立近代美術館での展示と、何とか体のつづくかぎり、生かしていただける間に動かねば――、と思いつつもすべて周りの若い人々の力を借りずには一歩も進めない、ただ必要に応じて、そろそろと体を運ぶという状態です。

夏 226, 250

昨日も滋賀の美術館に最終展示に行ってきました、今回は白洲正子さんの『かくれ里』のあとを慕って、近江の仏様にお会いしたいと願っていましたところ、館の方のお心づかいで、建部《たけべ》神社と、日牟礼《ひむれ》神社の御神像をお借りすることができました。小さな御神体は白布に厳重に包まれておられました。三十センチほどの女神さま、そばにさらに小さいお付き添いの女神さまがいらして、マリアさまのようにさえお見受けします。「よお、おでまし下さいました」と私は思わずひざまずきました。日本の、私たちの神さまはこのようなお方なのです。建部神社の女神さまは蓮瓣《はすのはなびら》のような袂《たもと》を口もとにあてて何ごとかを囁いていらっしゃいます。あまりにか細く、神々しくて、ひめごとのように私共には聞こえません、けれどそのお姿が蓮の蕾が今ひらくかのようにかそけく美しいのです。日牟礼神社の女神さまはさらに小さく、少しお顔をかたむけてほほえんでいらっしゃいます。そのほほえみが千年の間つづき、これからもずっと私共にたまわる尊いほほえみです。つつましく、しかし脈々として血につながる神々の道がここに存在すると私は思いました。

先日は思いがけずテレビでクレーのお話をなさっている若松さんにお目にかかりました。クレーと若松さん、そしてリルケがつながることに驚きました。けれどなぜかクレーとリルケは私の中でもつながっていたのです、私が仕事をはじめた六十年前、ある方があなたの仕事を見ているとクレーを連想すると、画集を下さいました。勿論私はクレーを知りませんでした。本物のクレーを見たのはそれから十年後でした。クレーを知れば知るほど慕わしく思い、いたましくも思いました。二十数年も前のことですが、ミュンヘンのレーンバッハ美術館で多くのカンディンスキーの絵画を見て衝撃をうけ、抽象絵画について知りたいと思い、土肥美夫著の『抽象芸術探求』に出会いました。この書はそれ以来カンディンスキーを知り、パウル・クレーを知るのに離せないものとなり、拙いながら私の中にこれ等の芸術の根源的な凝縮が宿るようになりました。とくにクレーの墓碑銘「わたしの存在はこの世ではとてもとらえきれない」にはじまる詩と、「芸術とは目に見えるものを再現することではなく、目に見えるようにする」という一句、この言葉を考え考え、今日に至っています。見えるものを見えるようにするというその間隙《すきま》の深さ遠さ、勿論再現などではないことはよく分っています。この世ではとてもとらえきれない、まだ生れこぬ子らと、死者たちのところに住んでいる私《クレー》の追想と未来の世界をとおして見えてくるもの、霧の奥から密かに見て取れるもの、それは抽象という理念からも遠く未生の宇宙のひろがりのような大気、そこから浮び上るものを目に見えるようにする無上の極限の力、よろこび、それをクレーは絵画として見せてくれたのでしょうか。詩句の最後を「創造の中核に普通よりはいくらか近づいているがまだ充分には近づけない」と結んでいますが、芸術が宇宙創造の中核に少しでも近づくことを希《ねが》い、その身はあまりにも遠く離れた地点にいることを告げているのではないでしょうか。

とここまで書いてくると、これらの言葉はそのままリルケの詩につながる

霧／霞／靄　226, 234, 255

宇宙　245, 248

のです。『ドゥイノの悲歌』などはまさにこの事を語っているのではないでしょうか。ドゥイノの城壁の波しぶきをあびて言葉が宙から降ってきたあの瞬間、創造の中核にいくらか近づいたのではないでしょうか。目に見えるようにするとき、天使は翼をひろげて迫ってくるでしょう。振りあげた翼は生命の一部を奪うことさえあり得るのです。どこかでつながっているのはやはりクレーのあの天使です。あの線描の天使は、それは言葉であり、詩であり、記号であり、暗号でさえあったと思います。けれどリルケには言葉しかありません。その創造的、宇宙の中核に近づき、言葉であらわすことの至難、そんなことを想って、もう一度リルケを読みたいと思っています。

原民喜さんのご本をありがとうございました。近く広島を訪れられるとのこと。ここ二、三日広島・長崎のことで心が覆われています。私の最も親しかった友も長崎で亡くなりました。政治の不安定や猛暑のせいもあってか、今年ほど人類の破滅を予告する原爆を身近に感じることはありません。「祈るべき天とおもえど天の病む」という石牟礼さんの句を思い出します。

くれぐれもご自愛ください。

志村ふくみ

若松英輔 様

第11信

東京
二〇一五年 九月 九日

猛暑のあとは残暑のはずが、少し肌寒いような日々が続いております。先生はいかがお過ごしでいらっしゃいますでしょうか。

これまで十回にわたってお手紙を往復させていただきましたが、前回頂きましたものは、格別の感慨をもって拝読しました。リルケやクレーが顕現させた、語り得ない何かに烈しく迫ろうとする先生のお姿は、ひとたびの沈黙を強いるように感じられたのです。

ご返事を早くと思いながら、なかなか言葉にならない日々が続いておりました。お便り申し上げるのが遅くなりまして申し訳ありません。

どうしようもなくなって先日、宇都宮美術館まで出かけ、パウル・クレー展をふたたび見て参りました。ある苦しみ、語り得ないものを語ろうとする、これほど喜びに満ちた苦しみはありませんが、そうしたものとともに見るクレーは、特別な経験となりました。

世界は言語では表現し得ない事象に満ちているという素朴なことを、しか

言語 237, 260, 262

し、これまでになくはっきりと認識したように思いました。文字を介さずにふれなければ、けっして見えてこない世界があることを改めて知らされた、と申した方が精確なのかもしれません。

これほどまでに識字率が高くなり、文字の有用性が無条件に信じられている現代では、文字を覚えることで見えなくなる世界がある、といってもにわかに受け入れられませんが、そうした境域はやはりある。むしろ、私たちが言語だけで捉えられる世界は、じつに狭い。言語は、意味を表現するほかの働き——色、音、かたち、香りなど——と結びついたとき、いっそうその働きを高めることに改めて気付かされました。絵画は、文字の扉を通じて見るのとは別な姿がこの世界にはあることを私たちに想い出させてくれるようにも思います。

同じことは彫刻にも、染織にも、あるいは音楽にも言えて、クレーの作品はこうした潜む美の秘義をまざまざと伝えている。

ご存知のとおりクレーは、ファシズムによる迫害を受けながら作品を描きました。彼は自身の作品を反ファシズム的であると語られることに大きな異和を感じていたようですが、その作品群には、単に「反」というには留まらない力が宿っていたのではないかと思うのです。

認識 230, 252, 259

肉眼、天眼、慧眼、法眼、仏眼と仏教では五つの眼があるといいます。絵は肉眼には線と色彩をもって訴えてきますが、天眼は心眼でもありますので心の眼にはまったく異なる光景を映し出している。心眼で感じているものを認識するには、ひとたび理智の眼を閉じてみなければならない。

先日、若き柳宗悦の著作を読んでいましたら、宗教哲学に必要なのは理智だけでなく霊智であると書いているのに出会い、この人物が民藝と遭遇し、美の使徒になってゆくのは自然な道行きであることがよく分かりました。

クレーの絵も霊智を開きます。彼の画が窓になって、あるいはレンズになって、理智で頭がいっぱいになった現代人には見えなくなった世界の実状をありありと見せてくれるのではないでしょうか。

世界が誤った方向に進んでいることを論理だけでは充分に認識することができないが、芸術の窓を通じて見れば、火を見るよりも明らかに分かる。

現代の日本においても同様のことがいえますが、悪が跋扈するのを眼前に見、肌で感じながらもそれに抗する論理を持たないがゆえに沈黙する、あるいは論理で納得することによって、自らの実感を封印する、といったことが蔓延するのが全体主義の時代です。

しかし、クレーの絵は霊智の認識に留まることを促すのではなく、色を通じて感じた世界の実相を、ふたたび言葉によって語れと求めて来るようなのです。

八月は少し遠出をしました。広島に行き原民喜にゆかりの深いところを歩き、そのあとに石牟礼道子さんにインタビューをさせていただきに参りました。この二つの旅で感じたのも、語り得ないものを「語る」ということでした。七十年前の八月六日、広島に原爆が投下されたとき、民喜は爆心地から遠くない自宅にいましたが、文字通り奇跡的に彼は大きな傷を負うことはありませんでした。そのときの光景を描いたのが「夏の花」です。

この作品をめぐって考えるのは、そこに何が描かれているかとともに、なぜ、民喜がこの作品を描くことができたのかです。七十年後の私たちは、それがどれほど多くの人々の声にならない声によって書かれているのかを改めて考え直す時期に来ているように思われてなりません。このとき原民喜という作者の名前は、無数の死者たち、無数の負傷者たちの言葉にならない思いが集結した、一つの場の名前のように感じられます。

「鎮魂歌」と題する作品で民喜は、「自分のために生きるな、死んだ人たちの嘆きのためにだけ生きよ。僕を生かしておいてくれるのはお前たちの嘆きだ」

と書いています。死者たちの嘆きが新しい「いのち」となって世界をつないでいると民喜は感じている。さらに彼はこう書いています。

死者よ、死者よ、僕を生の深みに沈めてくれるのは……ああ、この生の深みより仰ぎ見るおんみたちの静けさ。僕は堪えよ、静けさに堪えよ。幻に堪えよ。生の深みに堪えよ。堪えて堪えて堪えてゆくことに堪えよ。一つの嘆きに堪えよ。無数の嘆きに堪えよ。嘆きよ、嘆きよ、僕をつらぬけ。還るところを失った僕をつらぬけ。突き離された世界の僕をつらぬけ。

明日、太陽は再びのぼり花々は地に咲きあふれ、明日、小鳥たちは晴れやかに囀るだろう。地よ、地よ、つねに美しく感動に満ちあふれよ。明日、僕は感動をもってそこを通りすぎるだろう。

今日の日本、これからの日本を考えると、この一節が心の深みからよみがえってきます。

「嘆きよ、嘆きよ、僕をつらぬけ。還るところを失った僕をつらぬけ。突き離された世界の僕をつらぬけ」と書く民喜は嘆きこそが私たちに平和をもたらすというのでしょう。嘆きを忘れない者の心に宿る何かだけが、許し得ない者との間に平和を築くことができるというのでしょう。

ここに引いたのは、この作品の最後の一節です。ここにはっきりと見られるように民喜の作品のなかに憎悪はないのです。怒りはあります。どこまでも消えることのない怒りはむしろ、強くある。しかし、行き場をうしなった憎しみの影はないのです。

同じことは石牟礼さんの『苦海浄土』にも感じます。あの作品にはけっして消えることのない怒りはあっても、憎悪はない。さらにいえば憎しみをそのままにしておかない働きをあの作品はこの世に招きいれようとしている。

先日、お邪魔したとき、水俣病を患った釜鶴松さんの話になりました。この人物をめぐって『苦海浄土』にはこんな一節があります。

安らかにねむって下さい、などという言葉は、しばしば、生者たちの欺瞞《ぎまん》のために使われる。

このとき釜鶴松の死につつあったまなざしは、まさに魂魄《こんぱく》この世にとどまり、決して安らかになど往生しきれぬまなざしであったのである。

そのときまでわたくしは水俣川の下流のほとりに住みついているただの貧しい一主婦であり、安南、ジャワや唐《から》、天竺《てんじく》をおもう詩を天にむけてつぶやき、同じ天にむけて泡を吹いてあそぶちいさなちいさな蟹たちを相手に、不知火海の干潟を眺め暮らしていれば、いささか気が重いが、この国の女性年齢に従い七、八十年の生涯を終わることができるであろうと考えていた。

この日はことにわたくしは自分が人間であることの嫌悪感に、耐えがたかった。釜鶴松のかなしげな山羊のような、魚のような瞳と流木じみた姿態と、決して往生できない魂魄は、この日から全部わたくしの中に移り住んだ。

『苦海浄土』の真の語り手は、言葉を奪われた患者さんたちです。彼ら、彼女らの言葉をわが身に宿し、あの人々の思いとして石牟礼さんが語る。このとき、石牟礼さんもやはり、一つの場になっている。芸術家とは、この世に場が現成するためにわが身を捧げる者の呼び名なのではないかとさえ思われます。
「新人Xへ」と題する作品で小林秀雄は、文字と認識の問題にふれ、次のように述べています。「文章を読めない人々の心にも、実生活の苦しみや喜びに関する全人類の記憶は宿っている」。こうした当たり前のことを現代の日本人は、いつから忘れたのでしょう。

遠からず、お目にかからせていただけましたら幸いです。
季節の変わり目です。くれぐれもご自愛くださいませ。

若松英輔

志村ふくみ様

京都
二〇一五年 九月十五日

おたよりありがとうございました。

ひとめぐりの返信のあいだに、天地は清明の気にみち、清涼寺の大屋根の甍がひとつひとつ灰白色の透ける姿になって浮き立ってみえます。白壁の上の空は極微塵の青さです。

おたより、くりかえし心に刻み、拝読いたしました。今回もまた切迫した現実の中で考え続けていた問題がそこに書かれていたからなのです。「この世は言葉では表現し得ない事象にみちている。しかもひとたび文字に姿をかえれば、忽ち、みえなくなってしまう世界に変貌し、言語だけで捉える世界はまことに狭い」という風なことを語っていられます。

しかし現実は無条件に文字の有用性を信じ、一刻も言語なくしては生きられない状態です。その中で私も言語を介して、その姿のかき消えてゆく色の世界のことを語らねばなりません。仕事に打ち込みはじめた若い人々は真摯にそれを求めているのです。勿論、私も精一杯、人々の感性、心情に訴えるしかないことはよく分っていますが、今、若松さんの言葉は実に重く迫ってくるのです。現実に物が在り、生きて刻々変化してゆく。しかも一つとして同じものはない。その中で定義というものをどこに求めてよいか。アルスシムラはその中でどう存続してゆくのか、現代に口伝とか、奥義など存在するのか。私はその真意をひたすら守ってゆきたいのですが、私の傍を滔々と流れる時間をおしとどめたいと思うほど、おたよりの中にそれをさがし求めています。原民喜の「自分のために生きるな、死んだ人たちの嘆きのためにだけ生きよ」という言葉に添えて、若松さんは、死者たちの嘆きが新しい「いのち」となって世界をつないでいると、嘆きこそが、憎しみや、憎悪ではなく、嘆きを忘れず心に宿すものだけが平和を築くことができると書いていられましたね。

今の世が次第に全体主義の暗雲におおわれてゆく時、原民喜や石牟礼道子の言葉がどんな核兵器の威力より、本質は全く正反対ですが、くらべものにならない力を世界に発することを願わずにはいられません。

このたび滋賀の美術館で展観する機を得て、あらためて白洲正子さんの著書を読みはじめました。若い頃、白洲さんのお供をして浄瑠璃寺、法華寺、京都の旧家、仁和寺、湖北の寺々をたずねたことをなつかしく思い出して、どんなに得がたい豊潤な、贅沢な時と言葉をいただいたかと思うのでした。しかしそれらの含蓄にみちた戒めにも似た言葉は定着する場を見出せぬまま、私の中でさまよっていたものも少なくないのでした。

今回あらためて（その頃より五十年の歳月がたっていました）、全集を開き、能のこと、かくれ里、十一面観音巡礼、近江山河抄、古寺巡礼、明恵上人、と順々に読んでゆくうち、白洲さんという修道僧が身を以て山河をめぐり、僻地をたずね、名もなき廃寺、仏像、それを守る村里の人々と語らい、くまなく自分の足でたずねてした大いなる発見、それらは、我々にとっての貴重な遺産であると思い至ったのです。

なにびとが、誰もたずねない草深い山中へ、谷をめぐり、風雨にも遭いながら、世に埋れた仏像をおがみ、古面を拝してこれらの文章を書きのこしてくれたでしょう。かくれ里とは、ひっそりとした山かげの村に神がおとずれ、舞いを舞ってどこことも知れず「失せにけり」というようなところだというのです。

一九六四年、新幹線が開業し、オリンピックが開催された年、白洲さんは古寺巡礼を思い立ち、近江の山の上に立って、眼下に新幹線の走り去るのをみて、「ざまぁ見ろ」とつぶやきながら山へ入ったと、どこかへ記していらしたように、高度成長の物質万能の世に背をむけ、かつて神の在《い》まし、今は失せにけり、というかくれ里にむけて、旅立たれたのだと思います。今でこそ白洲さんの書かれたものは万人が読み、感動するのは当然のように思いますが、昔風に言えば貴族の女性の身でひとり山奥に入り、埃まみれの能面に深い畏怖をもって、言葉を構築してゆくことは並の力量ではなし得ないことだと思います。

郷土史家や、歴史研究者の言葉ではなく、その方々の言葉を尊重しつつ、全く独自の白洲さんの見解、或いは直感をもって、時には独断も辞せず真新しい光をあてるのです。

そのこじつけの全くない直截さに胸を打たれるのです。

盛安寺の十一面観音は白い御姿で合掌し、あたりに静謐の気を漂わす美しい御仏《みほとけ》ですが、白洲さんの文章によれば、「村には強い信仰が残っており、毎月十八日には大勢人が集って、観音講が催されるという。近江にはそういう所が多いが、そんな時もお厨子は開かず、殆んど秘仏のようになっている。信心深い人々にとって、仏像を見ることは問題ではなく、見たら目がつぶれると信じているに違いない。日本の文化財を護って来たのはそういう人達であることを、せめて私は忘れたくないと、その度毎に思うのである」と記されています。私はここを読んだとき、ある異物が胸の内から消えたようなふしぎな感慨をもったのです。私自身も含めて今の人々は仏像を拝むより、知りたい、いつの時代、誰の作、どんな価値があるか、国宝か、重文か、等々それをむしろ当然のこととして、知識欲を満足させてきたのです。

しかし、白洲さんの言によれば、御仏を見ることは問題ではなく見れば目がつぶれると、現代の人達なら思わず失笑してしまうくらい、もうその人々とは別世界に生きています。しかしその人々の信仰なくして、その御仏は存在しないのです。今の観賞に耐えている仏像は昔のあのみほとけさまではないのです。

「それらの仏像と並んで、ひときわ目をひく彫刻があった。もはや彫刻とは呼べない、大きな木のかたまりである。頭も、手も失われ、全身真黒焦げに焼けただれているが、すらりと立ったこのトルソーは、いかにも美しい。私は立木観音というものを未だ見たことはないが、これは正しく自然の木に還元した菩薩の像である。地獄の業火に焼かれ、千数百年の風雪に堪えて、朽木と化したその姿は、身をもって仏の慈悲を示しているような感じがする。

案内人の話では、先年、本堂の修理をした際、本尊の裏から発見されたものとかで、舎人《とねり》親王が祀った最初の本尊であることは、先ず間違いがない。現在の本尊から察すると、それは十一面観音で、胸から胴へかけて大きくえぐれているのは、そこに大小様々の手がさしこんであったに違いない。腰のあたりには、あざやかな木目が流れ、力強いのみの跡が歴然と遺っている。眺めていると、元の姿がありありと浮ぶのは、よほど原型が優れていたのであろう。

ふと私は、曙光の空にほのぼのと立つ観音の幻を見たように思った。が、それはまたたく中に消え去った。あとには法楽山ののぼりが翩翻《へんぽん》とひるがえっているだけで、松尾の山には夕暗がせまっていた」と記されています。

私はこのトルソーの写真をみて、何か烈しく胸をつかれました。誰もかえりみない焼棒杭《やけぼっくい》のような大きなトルソーを前に、一見異様な物象をみて、曙光の空にほのぼのと立つ観音の幻を見たのです。白洲さんの十一面観音巡礼の窮極はここにあったかと、形なきものの中に仏を見る、白洲さんの眼の凄さに打たれました。

あまりに真逆の道をゆく我々の行く手に、業火に焼かれて倒れた無数の人々の魂を、この焼損《しょうそん》仏像残闕《ざんけつ》（千手観音トルソー）は担って立ってくださっていると思いました。

九月もまたたく間にすぎてゆきます。

明後日より軽井沢ルヴァン美術館へ皆で行ってきます。先日はわざわざおいで下さいました由、本当にありがとうございました。

お目にかかれる日をたのしみにしております。

志村ふくみ

若松英輔様

第12信

東京
二〇一五年 十月 六日

十月に入ると、夏の猛暑が嘘のように秋めいて参りました。嵯峨野のご様子はいかがでしょうか。

去る九月二十七日は、いわゆる「中秋の名月」で、白洲信哉さんにお声掛けいただき、かつて小林秀雄が暮らした家でお月見がございました。昨年もお邪魔して、二度目だったのですが、改めて月とのかかわりを思いながら、自分の日常がいかに月と離れてしまっているのかを考えさせられました。

月を見ながら白洲さんともそんな話になりました。花見に行こうといえば自ずと人は集まる。しかし、月見となると、そうはいかない。

現代人の生活が西欧化しているのは、多くの人が洋服しか着ていない日常からも明らかですが、月見ができなくなっている影響は心の世界にまで及んでいて、事は意外と深刻であるようにも感じられました。

小林秀雄に「お月見」と題するエッセイがあります。そこで彼は、月見をする日本人を見て海外の人たちが、そんなに月を眺めていて、何か月に異変でもあったのかと尋ねたという逸話にふれています。日本人は月を愛する、海外の人はそれを観察する、というのでしょう。いつからか私たちは月食などの現象を懸命に観察するようになりました。しかし、その一方で月を愛でることを忘れていったのかもしれません。

観察と愛でることとは、似て非なる営みです。観察することは、外からそれを眺めることですが、愛でるとは、それと共に生きることであるように思われます。雪ノ下の高台にある小林邸は、白洲さんもおっしゃっていましたが、月見の家です。小林秀雄は家人が寝ても、夜通し月を見ていたというのですが、そんな気持ちも分かるような気が致しました。

月見をしつつ、小林秀雄が「西行」で月にふれながら、次のように書いていたのを想い出しました。

花や月は、西行の愛した最大の歌材であったが、誰も言う様に花や月は果して彼の友だっただろうか、疑わしい事である。自然は、彼に質問し、謎をかけ、彼を苦しめ、いよいよ彼を孤独にしただけではあるまいか。彼の見たものは寧《むし》ろ常に自然の形をした歴史というものであった。

小林秀雄 240, 241, 254, 259

西行にとって月は、単に見て楽しむ対象ではなかった。むしろ、容易には解き得ない謎となって、彼の前に顕われた。西行の前に月は歴史の化身だったというのです。それは小林にとっても同じだったろうと思われます。

ここで小林がいう歴史とは、悠久の時を意味するのでしょうが同時に、歴史の住人の声にならない声、すなわち死者たちからの呼びかけとしても顕現している。

「無常という事」で小林は、歴史のありようをめぐって、「解釈を拒絶して動じないものだけが美しい」と書いていますが、歴史は、人間がそれを解釈しようとする前に、私たちの魂に直接呼びかけるというのです。

こうした小林秀雄の言葉に、はじめて先生の工房をおたずねして、藍甕を見せていただいたときのことを想い重ねておりました。あのとき先生は、月の働きがなければ藍は育ってゆかない。しかし、月が何をしてくれているかは分からないとお話しくださいました。

「愛でる」という言葉にはどこか、何であるかを言い尽くすことのできないものに心惹かれるさまが含意されています。未知なるものであるがゆえに愛でるという感覚を、私たちは取り戻さなくてはならないように思うのです。

先だって、軽井沢のルヴァン美術館と滋賀県立近代美術館に行き、先生の作品を拝見しました。

ルヴァン美術館では、お兄様である小野元衞の絵を共に見ることができましたが、これは本当に幸福な経験でした。

これまで神奈川県立近代美術館の鎌倉館での展覧会や先生のご自宅の居間などでもお兄様の絵は拝見しておりましたが、今回ほどゆっくりと見させていただくことはありませんでした。小さな美術館でしたが、本当に時の流れるのを忘れて、眺め暮らしていました。絵を見た、というより画家に会い、また、その画家に導かれ、美の世界を歩いたようにさえ感じられました。

けっして広いとはいえない敷地で、また、展示されている作品も多くない展覧会でしたが、あれほどはっきり美と交わることのできたのはとても貴重な経験でした。単に美しいものを見るのではない。美にわが身を捧げた一個の人間の生涯にふれたように思っています。

滋賀県立近代美術館では、建部神社と日牟礼八幡宮の木彫りの神像も見ることができました。先生が書かれていたように、見るというよりもお目にかかるといった経験で、「まれびと」の来訪に遭遇したような幸福感は、今も静かに続いています。

平安時代の像ですから、千年も経とうかという神さまでしたが、この像は年を重ねるごとに存在の重みを深めていくであろうことが感じられ、今日に生きる私たちは、像が掘り出された当時の人々が見ることのできなかった光にふれているのではないかとすら感じられました。言葉が読まれることによって結実するように、像は、その前で人々が捧げる祈りによって育ってゆくのではないでしょうか。

同質のことは、お兄様の作品を拝見しながらも思いました。私は「朱の仏」と「ニコライ堂」そして、木喰仏の連作を、殊のほか愛します。小野元衞は、近代日本には稀有な、造形を描くことで霊性の世界を現出させることができた、高次な意味での宗教画家であることがよく分かりました。

今回は、伺う前に先生の『一色一生』の「兄のこと」をはじめ、お兄様をめぐって先生が書かれた文章も読んでから参りました。

このたびはじめて拝見したのは、お兄様が作られた陶器です。

丁寧で、素朴ながらも繊細な、とてもお兄様らしい作品たちですが、本質的に画家である人が異なる表現を試みている感じがして、そこに描かれた文様にはすでに、画家小野元衞が出現しつつあり、大変興味深く見ておりました。そのとき、先生が引かれていたお兄様の日記の一節が、ふと想い浮かんだのです。

「朱の仏」099
「ニコライ堂」098

私の心は貧しい。心が寂しくなると私の思いは陶器に走る。ああ最後の光の陶器、吾が陶器、陶器は深い。汲めども汲めども尽きない清い美しい水を湛えた井戸なのだ。

「兄のこと」『一色一生』

先生もお書きになっていらっしゃいますが、ここでの「陶器」を「絵画」に変えれば後年のお兄様の境涯を示すことになります。それと同時に、この「貧しさ」こそ、お兄様が先生に遺されたもっとも大きな贈り物だったのではないかと思われたのです。

京都賞を受賞されたとき、記念講演で先生が繰り返し語られたのは「貧しきこと」の問題でした。ここではもっとも高き意味を込めてそれを「貧」と呼びたいと思います。「貧」こそ、小野元衞が志村ふくみに、その生涯を賭して遺そうとしたものではないか。人の魂が「貧」であるとき、その人の生涯はもっとも豊饒なるときを迎える。それが小野元衞の遺言のように感じられました。『語りかける花』で先生は、お兄様の作品にふれ、柳宗悦が書いた一文を引かれています。大変心の籠った、美しくまた、慰めに満ちた言葉ですが、若き柳が貧をめぐって書いた次の一節も、お兄様の生涯を照らし出しています。

『語りかける花』243

一九一九年に刊行された『宗教とその真理』にある「種々なる宗教的否定」と題する一文にあります。三十歳の柳が書いた文章ですから、もちろん彼がお兄様のことを知るはずはありません。しかし、この一節ほど、画家小野元衞の境涯を示している言葉はないように思われるのです。

彼は一時も衰えた貧を知らなかった。貧において彼は豊かであったからである。人々は彼の苦難の一生が喜悦の一生であったことを驚くであろう。貧しい彼には総てのものが神の労《ねぎら》いによる賜ものであった。石も泉も「神の摂理による至宝」であった。彼は神に供えられたままに活きた。彼は神の欲する以外のことを一つだに欲しなかった。これに勝る富有と福祉とは彼にはあり得ない事実であった。悦びと一つでない貧しさは彼には醜い霊の墜落に見えた。聖貧は、彼にはそれ自身悦びであった。美であった。彼の妻であった。

貧において豊かであること、これが芸術の源泉のように思われます。ここでの貧は金銭における、あるいは状況における貧しさと必ずしも同じではありません。むしろ、それは魂において空《くう》であることと書くことができるかもしれません。
美神が魂に宿ること以外は欲しない。わが魂を美神の棲家とすること、これが芸術家の悲願であることを小野元衞の作品はまざまざと語っていました。また「兄のこと」で先生は、お兄様がゴッホと佐伯祐三をめぐって日記に書いた次のような一文を引かれていました。

ゴッホや佐伯祐三の一生は、悲壮な芸術の世界に於ける殉教者の如きものと思う。一枚一枚熾烈な生命の一片一片を刻みこんだあの凄じい力はどうだ。あの画面一杯に漲る情熱は。捨身の姿は。佐伯の遺作展をみて自分の決心は益々かたくなった。自分より真剣に生き、真剣に仕事に取っ組んだ男がいる事を知った事は実にいい。彼の若死の為、遺した仕事を下らないというのは冒瀆である。見よ、彼は卅一歳で人が七十年の歳月をかけてもなし得ぬ偉大な仕事をした。佐伯の進んだ道は誰にも通じる道ではない。彼は自分の生命と画業とをとりかえたのだ。

「兄のこと」前掲書

この一節はそのまま、書いた本人の祈りになっている。画家として生きた小野元衞の悲願となっていることが、今回の展覧会で実によく分かりました。先の八月に、上野の東京都美術館で私は、佐伯祐三の最後の作品を見たばかりでした。パリの新聞スタンドを描いた遺作ですが、文字通り魂のほとばしりというべき作品で強く印象に残っています。その衝撃を胸に残したまま、先生の文章を再読し、軽井沢にうかがったのでした。

滋賀県立近代美術館では、さまざまな時代に先生が作られた作品をゆっくり見ることができました。これまで幾度となく展覧会を拝見して参りましたが、今回は特別な機会になりました。大山崎美術館で、青田五良、お母様の小野豊の仕事、そして小野元衞の作品に折り重なるようにふれ、先生の作品に近付いてみると、美の仕事は、けっして一代では終わらないことが分かります。また、先生の作品と精神が洋子さんをはじめ、工房のお弟子さんに注ぎ込むのが目に見えるように感じられたのも稀有な経験でした。

芸術とは、畢竟、光の業なのではないか。お兄様が絵筆の色で描いたのが光だったように、先生の作品も、また、それを継承されようとする洋子さんの作品も、糸を紡ぐことによって現出させようとしているのは、光であるように思われました。

芸術家とは光の通路となることを志願し、その実現を祈る者の呼び名なのではないでしょうか。それは文学においても変わりません。文学者とは言葉の光、あるいは光である言葉の眷属《けんぞく》になることです。そうでなければ言葉が、歴史の住人たちに届くはずはありません。言葉は光である。このことを私は先生に教えていただきました。

この往復書簡も私からのお便りはこれが最後になります。ふくみ先生には、ご多忙のところ一年間にわたってお付き合いをいただきましたことに心から御礼申し上げます。

先生の本を最初に手にしたのはもう四半世紀以上前です。以来、いつかお姿を拝見したいと願いながら、今、こうしてお便り申し上げていることは、今でも不思議に思われてなりません。この往復書簡の経験は私の人生を誇り高いものにしてくださいました。

何によって導かれたか、それを明言はできないのですが、そこに、歴史の世界に生きる、不可視な隣人たちの働きがあったことは否めません。彼らにも感謝を捧げたいと思います。

今度は、ゆっくりお話しさせてください。

夏の疲れがでませんように、くれぐれもご自愛くださいませ。

若松英輔

志村ふくみ 様

京都
二〇一五年 十月十五日

釈迦堂の紅葉がうっすら紅をさしはじめました。小庭のほととぎすも水引草も更けてゆく秋をしのばせます。

おたよりありがとうございました。

いよいよ最終回のおたよりとなりました。

月のはじめにおたよりをいただくと、その経糸にどんな緯糸を入れましょうかと、くりかえし読みつつ浮んでくる想いが、その時々の切迫した想いや、自然にひき出されてゆく彩糸であったり、本当にその月、その時になくてはならぬ裂が織られていったような気がいたします。私からみれば息子――失礼をお許し下さい――いえ、孫息子にも近い年齢の若松さんに、そんなことは全く忘れて同じ時代を呼吸し、心がいたみ、訴えたり、問うたり、思いのままを申上げてきました。

一年経ちました。凝縮した一年でした。年をかさねてからこんなにも濃密な日々が訪れるとは思いがけず、体力気力がそれについて行けるのか思いわずらう間もなく、待ったなしに明日が来ていました。何より学校は年々重みを増し、教育とは何かを問い惑い、かえりみる間もなく、未知の世界が展開されてゆくのでした。

ひとりの人間の切実な生き方にどうむき合うか、それはまさに私共未経験の者達が、驚き、悦び、不安をつのらせ、今まで閉ざされていた門を開くことでした。

私共と生徒とを結ぶ糸に精一杯の緊張感をおぼえつつ、三年が経ちました。前例のないことが多くて、ある時は無防備を承知で素手のままはじめた試みもあり、私の年齢では目をみはるような新しい発想に戸惑うこともありますが、その都度、私の中の皺くちゃな皮がはがれて若返るような感覚をおぼえるからふしぎです。たしかに若い人の着眼は次なるものを鋭敏に感受していますす。それは決して安易な平坦な道ではなく、まだ誰も通っていない道かも知れません。併し危険をおそれては何もできません。老齢の私が慎重になりがちなのは当然のことなのかも知れませんが、何故かそうではなく、この新しい道に少しの泉の水があるなら、それを汲みにいってほしいと思うのです。

その泉のことですが、毎回私は若松さんのおたよりと、今連載されている、「柳宗悦」「岡倉天心」の文章の中にそれを感じているのです。先達は今よりももっと暗黒の道をみずからの灯をかかげて、抵抗や無理解の壁を少しずつ乗り越えて、その信念を貫いて行かれました。

その先達の使命感が今私の老いた身体に力をあたえて下さるのです。勿論、力もなく、態勢も整ってはおりません。まだ全体として稚《おさな》いのです。しかし、未知の分野が開けています。そこに今小さな苗木を植えるのです。あと何十年か先には緑なす森になることを願って私は彼岸から見守るでしょう。その森はお伽話のようなのですが、植物の国なのです。主体は植物で私達はそれに仕えるのです。今までにない価値転換の森なのです。次の世代に托す、私の切なる願いです。

併しそれがどんなに無謀な、儚ない夢かということはこの身が傷むほど、充分承知しています。何一つ文明の利器を手ばなすことなく、交通、通信、コンピュータの渦の中で暮し、どんなに原発反対を唱えても、ここに到るまでの人類の智慧と傲慢によって築かれた社会の仕組や将来の設計に何一つ確信のある答など出せるでしょうか。

目の前におし寄せる波はあまりに高く、私共の夢など一呑《ひとの》みにされることは必定です。

そんな中でなお一条の道を見出し、一滴の水を求めて歩んでゆこうとする時、今回、若松さんのお書きになった「柳宗悦――即如の顕現――」の中に、文字を越え、文字の射程のとどかないところにある真理、証明を要しない、説明を許さぬ自律の内容、人が真理を認識するのではなく、真理が人間に自らの存在を開示する、そして、万物が在ることを司る、存在の根源的働きを仏教では真如、「あるがまま」と説き、別な言葉では即如とも言うとあり、私はそこを何度も心に刻むように読みかえしました。それはあまりに今自分がおかれているところとは異なり、窮極の真理の世界でありますが、それ故にこそ岩壁に刻み込まれるような熾烈な力をもって迫ってくるのでした。どんな時も現実を越えた思念の世界に私達はこの足のつま先でも届いていなければならないと思うのでした。

今回この往復書簡を終るにあたり、思うことは私達の計り知ることのできない世界からすでに伝達され、読み説かれていた一条の糸は、行きつ、もどりつ、練られ、撚られ、染めあげられていったように思うのです。この間、私はいつも若松さんに、私ごとのみ申上げて本当にお許し下さい。何度かお手紙によって救われ力をいただいたのです。

全く予期せぬことが次々と起り、私の人生の中でも大きな転換と試練をうけたこの一年でした。どんなに元気だと傍から言われようと、体力は一日一日衰えつつあります。しかし、ふしぎなことにどこかで私を導き、先導して下さる存在があるのでしょうか。来春、京都国立近代美術館を皮切りに、沖縄県立博物館・美術館、世田谷美術館と巡回展が開かれることになりました。

その企画をはじめて伺った時、はからずも私は襤褸《ぼろ》織のことを考え、次作にそれを織ることにしていました。昔母は近隣の農家の老女にたのんで短かい糸をつないで玉にして、苧桶《おぼけ》という黒い漆のうつわに沢山しまってありました。私は勿体なくて少しずつしか使っていませんでしたが考えてみればこの先どれだけ織れるものか、おおかたはのこしてゆかねばなりません。思い切ってどんどん使おうと思い立った矢先でした。最晩年になってこの仕事をはじめた時の最初の糸が私に仕事をするように呼びかけたのでした。

仕事は螺旋のようにゆるやかにめぐり、元のところへかえりつつあります。その六十年近い歳月に、多くの無名の機織の女性の想いが私をとおして、最後に繋ぎ糸という小さな糸をつないで、つなぎつつここに到ったような気がします。それを織ってみたいと思っています。襤褸織かもしくは母衣《ぼろ》織とも名付けたいと思います。

この一年、本当にありがとうございました。

このおたよりを交換することによって、支えられ、導かれてまいりました

母衣織（母衣曼荼羅）100

ことを、深く感謝申上げます。すべて目にみえない存在の方々の御力だと思います。

いずれ京都で、深まる秋の宴を共にすごさせていただきたいと存じます。

くれぐれも御大切になさってくださいませ。

志村ふくみ

若松英輔 様

対談

魂の言葉を食べる

志村ふくみ
若松英輔

抽象でしか語れない時代

一年間の往復書簡を終え、紅葉が終わり冬の気配が近づく頃、嵯峨野の志村ふくみを若松英輔が訪ねた。

若松　このたびは文化勲章ご受章、おめでとうございます。どんなお気持ちですか。

志村　今、あまり忙しいものですから。感じているひまがないんですよ。

若松　先生みたいに、特定の団体に属さない方が受章されたのは久しぶりですね。

志村　そう？　科学者の方もそうじゃないですか。

若松　いえ、基本的には学者も文学者も、学会や協会に属しています。これに先立つ京都賞ご受賞のときにも思いましたが、先生のお母様やその師であった人々が無冠であったことを考えると先生が顕彰されるのがとても嬉しかったんです。洋子さんまで含めて三代に亘るお仕事が称えられたと言いますか。

志村　ありがとうございます。前にも申し上げましたけど、これは私一人に与えられたものじゃないのですよ。これまでたくさんの女性たちが機を織ってきて、それがたまたま私のところにこういう形で出てきたというだけで。私が器になっただけという感じです。

若松　今日、先生とお話ししてみたいテーマがありまして、それは「美と平和」ということなんです。世の中では、美というものは、なよなよとした弱いものだと思われています。でも、美に近い人、芸術家たちは、美こそ力強きものだと思っています。むしろ、武器ほど弱いものはない。先生はずっとそういうことをおっしゃっていますが、世の中が今日のようになっても、第一線の芸術家たちが、そのことに関して口を噤んでいるのが私には不思議で。

志村 そうですね。口を開いたら報復を誘発して、暴力に訴える側はそれでますます追い詰められることになるのでしょうけど。

若松 敵対する相手とも、最後には必ず、話し合って争いをやめなければならないことは決まっています。ただ、対話ではなく論議があまりにも多過ぎる。美しいものを見ると、人はひとたび黙りますでしょう。そういう意味でも、美しいものはとても大事なんじゃないかなと思うんです。そのことを芸術家は語らなくてはならない。

志村 本当は言葉ではないのだけど……でも究極、言葉しかないんですね。

若松 先日、浅草での先生の展覧会で思ったんですが、先生は作品をつくられたあと、最後にとても美しい名前をおつけになる。芸術は、ひとたび人を、言葉が終わるところに必然的に追い込んでいくんじゃないでしょうか。その上で出てくる言葉というのはやっぱり尊いと感じたんです。

志村 私は最近、兵庫県立美術館にクレー展を見にいったんです。自分の展覧会の準備でてんやわんやの中、矢も楯もたまらなくなって行きました。すごくいろいろなことを感じました。クレーは、この世の中が破壊的になり崩壊すると、芸術は抽象化されていくというようなことを書いているんです。私ね、なぜ抽象画が出てくるのか今までずっと不思議だったんです。カンディンスキーでもモンドリアンでも、最初は具象を描いています。具象は人間界の美しいもの、穏やかなもの、平和なものがまだ存在しているから、見ている方も息がつける。印象派でもそうですね。でももう、この世ではないあの世に行かなきゃいけないほどに現実が切羽詰まると、物事が一遍崩壊するんじゃないでしょうか。そうやって抽象化されたものが、美しいのです。なぜ私はこんなにも抽象に心惹かれるのか。綺麗な具象の絵では物足りない。そうなりませんか？

若松　わかります。抽象は、単にぼんやりしているということじゃないですね。絵って、実際に描かれているものと、自分に入ってくるものとが違いますでしょう。

志村　ええ、見た瞬間、違うものに生まれ変わっているのですね。

若松　言葉で容易に表現できないそのプロセスに、芸術の秘義があると思うんです。だから、いわゆる美しいものが描かれていなくても、それを見た途端、我々の中に美が生まれてくることがあり得る。

志村　クレーはそうやって、この世の中と、見えない世界との間に橋を架けているんです。あの方は「見えるものを見えるようにする」と言っている。これは、眼球に映ったものを再現するのではなく、見える〝ようにする〟んです。そうやって、あの世とこの世を結んでいるのです。

若松　クレーが私たちに教えてくれている

のは、「あなたたちは、見えているんだけど見えていないんだ」ということですね。人間って、自分が見えていると思っているときに、一番大きな死角ができて、見えていないことを忘れてしまう。

志村　展覧会でクレーの絵を見て、涙を流している若い人もいましたよ。難しい理屈もなく、わーっと胸に迫ってくるのね。身が引き裂かれるようなんだけど、あの透明な平面の中に立体なものが出てくる。怖いほど透徹していて、易しくてわかりよい単純なものと、その真反対の難解なものとが一体になっている。織物で言ったら、経糸が優しくて、ふるさとのようなんだけど、緯糸が現実を強く語るのです。あれは今の世のもっと先を見ている人の芸術という気がする。人を慰める、美しく幸せな絵画というのはもう終わってしまったのではないだろうか、と思いました。見ても全然わからない抽象もありますが、クレーのような、何か人間の体の中を透明にするような抽象もある。がらくたをがらくたとして描いている人と、がらくたを美しいものに浄化して描いている人とがいるんじゃないでしょうか。クレーもカンディンスキーも、すでに人間は破滅に足を突っ込んでいて、これを引き抜くことができないと感じていたのではないでしょうか。

若松　クレーの芸術は、ヒトラーの時代に強く否定されました。

志村　頽廃芸術と言われていました。

若松　いわゆる体制側と言いますか、政治が主導する芸術は、あらゆるものが具象ですよね。そのしようがないぐらいの具象に、クレーの仲間たちは抽象を以て抗った。

志村　それはやっぱり世界大戦から始まっていますね。あの時代に頽廃芸術だと言われたものが本物なんですよ。

若松　クレーは、何かのための芸術は嫌だ、芸術は、芸術なんだと言っていますが、彼のやり方で、真摯に闘ったという実感が強くあります。

志村　闘いましたよ。クレーは「結晶」ということを盛んに言っているんだけど、自身が皮膚硬化症だったのも、本当に体が結晶化していったからじゃないかしら。言葉によって体が変わっていくというか、症状として現れたというか。ヒトラーによる迫害があって生まれ故郷のスイスに亡命しましたし、カンディンスキーもドイツで迫害を受けて、いずれも最期は不幸だったようです。

若松　同じクレー展を宇都宮で見たんですが、そこの別室にはカンディンスキーの作品も数点あって、あまりに時宜を得ていて、今の日本の状況を思わせて、ちょっと怖かったんです。これから世の中が戦争に向かっていくと、若者がどう生き抜いていけるのかを私たち以降の世代が考えていかなくてはいけない。

志村　とても身近で、大きな問題です。

若松　一方で、報道や新聞を読んでいても、これは切迫した、切実な問題である、という感覚が世の中を見ていてどうもしなくて……。いろいろな現象が起こると、テレビで誰もが解説しますでしょう。

志村　そう、解説ね。本質じゃないの。

若松　具象と抽象の話にちょっと似ている気もするんですが、本質を語ろうとしない言論が続くと、とんでもないところへ行きそうな感じがあります。
志村　今は抽象でしか語れないんじゃないですか。具象しかわからなくてそれで語っているけど、実は今こそ抽象で語らなくては。
若松　どういうふうにクレーの抽象を引き継ぐことができるのか、ですね。
志村　そうです。

一であること、無名であること

若松　本物の芸術家たちは、みな一人です。芸術とは、一人でもそういうものと闘い得る立場あるいは役割なんだということを、もう一回思い出したいという気持ちがあります。
志村　一人でやるには強靭な精神が要るでしょう。

若松　でも、先生の工房も「一」じゃないですか。
志村　工房なのに？
若松　他者とは群れないでしょう。「志村ふくみ」というお名前は、先生のお名前でもあるけれども、工房の皆さんのものでもあると思うんです。
志村　そうね、今はもう、そうなってきているんですよ。
若松　それは一だと思うんです。芸術は、一によって何かを強靭に表現できるという可能性を世の中に明示することが、大事なんじゃないかと。
志村　民藝も柳先生という一人の存在があってこそですからね。
若松　ふくみ先生のお母様も上賀茂民藝協団に参加なさっていましたが、結局、このときの民藝運動は頓挫しました。やっぱり徹底的に一であらねばならなかった。だから協団が解散して、みなさん一になった途端、歴史に名を残し始めた。

志村　黒田(辰秋)さんにしても誰にしても、みんなそうですね。

若松　青田(五良)さんは、結核で早くにお亡くなりになられたからか、彼を思うと時々、中原中也を思い出すんです。誰も成し得ない仕事を途中までだったが、確かにやった。やっぱり芸術は一になったときに、輝くのだと思います。でも人はどうしても群れてしまう。

志村　一人になったときに、民藝の本当の意味がわかるんです。みんなでいるときは、何だか上手くいかないのですよ。群れるのと共同体になるのとは、どこが違うのかしらね。

若松　共同体は、一で立てる人間が集まらないと共同体にはならないんじゃないでしょうか。黒田さん、富本(憲吉)さん、先生は、みなさん、一として立った。実は、あの人たちは見えない共同体を形成していた、と言うこともできる。柳さんも、韓国併合下の時代に、韓国の光化門を守るために文章を発表して一人で国と闘った。あの時代ですから、よく殺されなかったと思うくらいです。

志村　危ないからって、朝鮮の人たちが庇ってくれたとおっしゃっていましたよね。柳先生は民藝の世界に入る前に『宗教とその真理』とか『神に就いて』とか、思想的な著作を書かれているでしょう。あれは素晴らしいですよ。その土台があってこそなのに、この若いときのお仕事は、民藝の方でさえごく限られた少数しか知らないのですよ。

若松　その思想の部分がなければ、その後の仕事もなかったのに。

志村　私の持っている『宗教とその真理』には、柳先生の直筆で「富本憲吉、一枝さんに贈る」と書いてあります。これは母から譲られた本ですが、昔、母がある宗教的な映画を観て、自分たちはこんなに恵まれていていいのか、もっと貧しくなければいけないのではないだろうかと思って、一枝さんに手紙を書いたんです。そうしたら、「あなたは決して贅沢はしていないんだからそのままでいいんだ」と優しいお手紙をいただき、私には「これをお読みなさい」と本が送られてきた。あの時代には、ごく少数の人が柳先生の本を読んで心を打たれていたのですね。

若松　現代では、本はたくさん刷られて、たくさん売られていますが、「本当のこと」が書かれている本が届くのは、やっぱり限られた人のところなのではないか、とも思うんです。

志村　同時代ではごく少数の人にしか伝わらないのでしょうね、広く理解されるのは、後々のことになるんでしょう。

若松　展覧会を見ながら、先生の作品はいずれも一点しかないということも大事なんじゃないかと思いました。私たちが普通着ている服は、量産されて、世界中どこでも着られている。けれども、先生がお作りになっているものは、一でしかあり得ない。一を基本にした世界観と、でき得るならば同じものを十万人の人に届けたいと思う世界観は、やっぱり決定的に違うんじゃないかと思えて。

志村　どういうところがでしょう？

若松　一は、永遠に繋《つな》がるということじゃないでしょうか。一は、絶対に繋がっていくということを認識しなければ、芸術は始まらない。つねに一点しか作れない先生のお仕事には、最初からそのことが織り込まれている。一だからこそ、次の一に繋げることができる。それが伝統の力なのかなと思ったんです。

志村　今度の二月に京都の近代美術館で展覧会をやりますのね。そのお話をいただいたころ、濃紺に繋ぎ糸を入れたものを織っていたんですよ。その繋ぎ糸を入れたところが美しくて。母が昔、もう農仕事ができなくなった近隣のおばあちゃんたちに頼んで残りの糸を繋いでいただいたんです。もったいないからと使わないでいたけれど籠いっぱいにあって、百歳二百歳になっても使い切れないほどなのに、私は何をばかなこと言っているのだ、いつまで生きるつもりなのか、もう、うんと使いましょうと決心した矢先に、近代美術館からお話がきたので、あ、これだ、もう他の仕事はせず、繋ぎだけで徹底的に死ぬまで織りましょうという思いを持ったのです。今それをやっているんですけど、図案を描いたら、なんと九曜星の曼荼羅が出てきたんですよ。そんなこと、夢にも考えなかったのに。

私、六月にベルリンに行ったんですけど、ペルガモン博物館で紀元前の城壁を見てきました。高い城壁にタイルがたくさん嵌めこまれて、そのタイルの中にライオンや動物が描かれているのですね。シリアの砂漠に埋もれるはずだったものを、ドイツが戦後船で四百万枚くらい運んだんだそうです。そのタイルは、紺と緑と茶なんです。何て美しいんだろうと思ったそれを今、絣にして曼荼羅でやっているんです。唐招提寺や高野山でも曼荼羅は青と緑と黄で、同じ色使いなんですよね。人類の根源的な色なのかしら。

若松　きっとそうなんでしょうね。それはとても稀有な、貴重なご経験だと思います。哲学や文学というのは、同様に根源語を探す営みですので。

志村　そのときに、この仕事は何となく私一人ではないということに気がついたので、みんなで織りましょうと言いました。うちの工房には今、私と洋子を入れて七人いますのでね。これは、私の最後の最後の仕事です。自分の力じゃないんです。遠い遠い紀元前のものが、どこからか、ぼーんと私の中に入ってきて、図に描いたら九曜星になって、繋ぎ糸の色と突如として結びついた。自分でも、何かにやらされているのかもしれないと思っています。

若松　それはもう間違いないですよ。やらされているって、すごく光栄なことじゃないですか。

志村　もう、すごくありがたいことです。私を通って出てくる、それでいいんです。最後にこれをやらせていただくのが、ひょっとしたら柳先生のおっしゃっている民藝かなっていう気がして。

若松　同感ですね。

志村　最後はそこに行くんです。自分の仕事じゃないけど、でも若松さんが一とおっしゃったように、中心にはやっぱり自分がいる。

若松　無名性と匿名性は全然違うものだと思っています。おっしゃったのは、無私になろうとする「自分」だと思うんです。匿名は名前を隠すことですが、無名というのは、名があってなお、私ではなくなることです。だから、先生のお名前がどんなに大きくなっても、無名である仕事はあり得ます。また、時が無名にしてくれることもあるように思います。

志村　今作っているのはそんな感じです。うちの学校（アルスシムラ）の講師まで、参加したいって言ってくれるのですよ。だから絣糸をくくるのやほどくのを手伝ってもらったりしてね。その頃ちょうど藍が終わりかけていて、そんなときに展覧会で一週間も東京に行っていたら藍がだめになる、藍を守りたいって思ったから、ピュッと東京に行って、疲れないうちにすぐ帰ってきました。文化勲章のことも頭からすっかり吹っ飛んでいました。

若松　やっぱり（笑）。

志村　いや、京都賞も文化勲章もありがたいことではあるのだけど、そこに留まっているのではなくて。

若松　いろいろなことが起こって表面がざわざわしても、その下で変わらず脈々と続いているものがありますでしょう。

志村　そこがね、大事なんです。それが動いてはだめなの。だから外に出かけてごちゃごちゃとあったあと、帰ってきたら、いつもの自分にしゅっと入れたらもうそれでいいのね。

魂の言葉を求めて

志村　この間、ドナルド・キーンさんが京都にいらして、（嵯峨）釈迦堂でお会いしたんですよ。まず源融《みなもとのとおる》公のお墓にご案内して。光源氏のモデルになったと言われている方ですからね。そうしたらキーンさんは、釈迦堂もお墓のこともご存じなくて驚いていらした。次に宝物殿にご案内したら、仏様のまんまるのお顔が豊かで包容力があって素晴らしい、英知に満ちている、本当にびっくりしたとおっしゃって。そして、『源氏』はあれだけの長い物語の中で、刀を抜かない、傷つけない、一人も殺さない、日本最初の文学がそういうものだというのはすごいことですともおっしゃっていた。女の人の着物の裾だけで心理がわかる。顔を見るのは最後。それが平安貴族の、日本人の素晴らしさだと。

なぜこんなに日本人が好きなのかをキーンさんはご本にも書いていていらっしゃいますけど、あの方は一番最初に古本で『源氏』を読まれたのですよね。平安貴族が手紙を出すとき、まず料紙を選び、筆を選び、墨を選ぶ。それから言葉を選んで季節のご挨拶をし、最後に「くれぐれも大切に」と添える。こういうものはヨーロッパにはありません、とお書きになっています。王様でもお姫様でも、用件だけを書いてあとはバイバイと、ヨーロッパはとても事務的だと。日本人は紙の折り方にまで気を配り、季節の花を添えて使者に持たせる。なんと優雅な人たちなのだと。

若松　メールになっても、そういうちょっとしたご挨拶は書きますね。

志村　そういうふうに見てくると、高階秀爾先生が『日本人にとって美しさとは何か』でお書きになっていることが、ああ、そうだなって思うのです。万葉集の歌は小学生でもわかる。ヨーロッパは十五世紀ぐらいからしかわからない。だから、日本人には、ずーっとつながっているものがある。

若松　昔は、文字が読めない人ですら万葉の歌がわかりましたからね。

志村　「ふりさけみれば」とわかってしまう

のですよ。

若松　その精神の伝統が、今まさに切れそうになっている。どこで切れる可能性があるのか、切れた場所がわかれば、それを取り戻すこともできるとは思うんですが。現代の文学に、文字の読めない人にも伝わるような何かがあるのかっていうと、ちょっと疑問を持ってしまいます。文字が読めるようになったからこその、文学の危機がある。先生の作品は織物ですから言語ではないわけですけれども、誰が見ても「美しい」という知的な理解よりも先に感情が呼び起こされると思うんです。

志村　それは糸と色との交差だけを見たって綺麗なんです、糸だけを見たって綺麗ですよ。織らない前の経糸が一番綺麗なのです。

若松　そういうことをもう一度、芸術として取り戻すことが必要なんじゃないでしょうか。お勉強してわかることだけでは、何か本当のことじゃないような気がする。

志村　そうなのよ。私は生徒さんたちにお勉強させたくないの。何て矛盾してるんでしょう（笑）。だからうちの学校は教科書がないし、マニュアルもないし、試験も何もない。自分で糸を染めて、自分でデザインして、自分で織ったものを着て、みなさん出ていくのです。人のために売るとかそんなのではないの。自分の作品を自分で着るの。

一年生の方が言っていたのですけど、学校に入る前と後で考え方が違ってしまったから、卒業してまた今までの場所に戻ったとき、自分はどういうふうに生きていけるだろうかと考えるそうです。ここで学んで、たとえば自分で自然から色をいただいて初めて、自然がすごいということに気づいた。そうやっていろいろなことに気がつくと、元の場所に戻ったとき、違和感が増幅されそうで不安ですって、先生どうしてくれますかって。みなさん、切実なんですよ。まして、自分の職業を捨ててここに入ってきていたら、大変なことでしょう。でも、そうまでして、ここに学びに来ようっていう人が必ずあるのですよ。

若松　先生と洋子さんは、とんでもない、でも、とてもすばらしいことを始めてしまいましたね。

志村　みなさん、染織を習いに来たのではないのかもしれない。何か生き方とか思想を求めていて、それがたまたま手仕事によってわかるというのがよかったのでしょう。私がただ、しゃべったってだめ。生徒さんたちは手仕事で繋がっているのですよ。余った糸を人にあげ、足りなくなったら人から糸をもらって、そうやってみんなが共同して織物をしているの。でも一般の学校の仕組みは、競争して、ただ個々でどんどん進んで行こうっていう感じになっていますよね。教育って何なんだろうって、根本的に疑ってしまいますね。ある程度教育を受けていないと、こういうことも考えられなかったかもしれないですけれど。

若松　言葉もそうです。自分で織った着物を着るように、自分のために書いて、その言葉に救われるということがとても大事なのではないでしょうか。

志村　そして、その言葉に読んだ相手も救われる。

若松　そうなればとても光栄なことである、ということなのだろうと思います。ところで、先生はどこで言葉を覚えられました？

志村　覚えたとか学んだなんて自覚もして

ないですけれども、やっぱり読むのが好きなのですね。朝、お掃除しようと思っていても、つい本を手にとってページを開くと、もう掃除なんか忘れてしまう。ご飯みたいなもので、すぐ食べたくなる。いくら食べても満腹しないの。

若松　ああ、面白いですね。先生や石牟礼道子さんにお会いするたびに、お二人の言葉はどこから来ているんだろうといつも思うんです。勉強した言葉じゃないでしょう。

志村　そうね。石牟礼さんも全くそうですよ。

若松　勉強したものじゃない言葉は、人の意識じゃなくて、人の魂に直接届くんだと思うんですよ。

志村　そこでしゃべっていますから。

若松　魂の畑から、じかに取ってきた言葉とでも言いますか。それが現代では難しくなっていて。いま、「読むと書く」という講座を、いろんなところでやらせていただいているんですが、そこで、いろんな意見を持つよりも、今の自分の切羽詰まった、切実な何かを表現する一つの言葉を探そう、そう言うのはつまり、魂の畑に行って、一本でいいから草を持ってこなくてはならないということなんです。慣れればまとめて束で持ってこられるんだけど最初は一本でもいい。しかし今は、意識の工場みたいなところで何を意味しているのかもわからないような言葉をいっぱい造っているところがあります。そうした場所から発せられる均一化された言葉に人々がならされている。見た目は似ていても、自分の畑で丹精こめて育てたものとはやっぱり違いますよ。先生がおっしゃるように本を読むことは、言葉を食べるという経験ですから、食べてみると、何か違う、とわかりますよね。

志村　工場で作られた野菜のような言葉だと、「あれ、私、本当に食べたかしら？」と思うのね。どんなことを書いてあったか覚えていなくて、ただこの本を読みましたっていうだけで。

若松　内容は忘れてもある感触を覚えているとか、何かが残るのが本当に「読む」経験じゃないでしょうか。

志村　一冊の本を読んで何かを通過したら、ちょっと変わってしまうはずですよ。私、変わりますから。

若松　たとえば、原民喜の文章を読んで、見解ばかり言って変わらないって人のことが、私にはよくわからない。

志村　何かにつけて、あの言葉が出てきますよね。「堪えよ、堪えよ」とね。一遍読んだら、ぐさっと入ってしまう。

若松　色も同じじゃないですか。

志村　まさに一緒なの。色も言葉も音も、みんなそう。私、若いときはそういうものに敏感だと思っていたけど、実は今のほうが感じてしまうんですよ。若松さんだって、きっとそうでしょう。若い頃よりいろいろ感じるでしょう？

若松　老眼なんですけど、今のほうが美しいものが見えるんです。これにはびっくりしました。若いときって、見ているようで見ていないんですね。あんなにたくさん絵やいろんなものを見たのに。今は、そんなにたくさん見ないですから。

志村　味もそう。味も本当にわかるようになるの。若いときは豪華なごちそうって嬉しいんだけど。感覚的な感性っていうものは、年ともには衰えないのじゃないでしょうか。

若松　年々そう思われますか？

志村　思います。そうじゃないと、いつまで命があるかわからないのに、やりたいものがこんなに出てくるなんておかしいですもの。実物のクレーを見て感動して、やりたいものが三つも出てきた。なぜこんなにもぐーっとクレーに惹きつけられるのかがわからなくて、やはり言葉というか認識で知りたくてクレーの解説を読んだのですけど、不可解なことが書いてあって、わからない。それがうれしいんですよ。本を置き、翌朝起きてまた見る。でも、ああ、やっぱりわからないと思って。そんなことを繰り返していると、少しわかってくる。何回も同じところ見るのです、読むのです。

若松　私もです。

志村　自分がやりたいと思っていることを、絵を見ながら考えているのです。

着物が若い人たちに届いた

志村　今回東京での展覧会は、二ヶ所であったんですよ。一つは浅草の「茶寮一松」さんで、もう一つは糸井重里さんの「ほぼ日」のＴＯＢＩＣＨＩで。ＴＯＢＩＣＨＩの方は完全に若い人向けにして、「ミナ ペルホネン」さんの洋服生地で作った可愛らしい帯とセットにして展示販売したんです。私ぐらいの年齢の方はさすがにちょっとわからないわという感じでしたが、若い人には、もう、ぴたっと届いたのです。

若松　面白いですね。

志村　しかも、こちらの方が販売数がすごかった。これは未来ですよ、次の時代ですよ。若者が出てきた、と思って本当にうれしかった。もちろん、今までやってきたように作品としての着物も作っていきますよ。でももう、お金持ちの人だけが買えるというのは、古い時代のやり方ね。

若松　もう一つは、飢えている度合いの違いかもしれません。ご年配の方たちはずっと先生の作品をご覧になっているし、自分に必要なものをもうわかってらっしゃる。でも若い人たちは、言葉においても美においても、食べ物で言えばファストフードばかりを食べてきたようなものです。今回のコラボレーションは面白かっただけでなく、若い人たちが本物にふれたということじゃないでしょうか。本物にふれたら、渇いている人間はもちろん欲します。

志村　私の着物にそんな洋服生地の帯を着けるなんてとんでもない、格が違うじゃないかと言う人もいたし、いいじゃないか、面白いと言う人もいた。でもね、格なんてないですよ。私のところの着物に、天神さんの縁日で買った帯やインドネシアの更紗の帯を締めて、よく合ったならそれでいいのですよ。それを着物の世界では、格が違う、帯は西陣でと言うから、敷居が高くなっていた。でも、洋服生地で結構なんです。ボビンの模様のかわいい生地を帯にして締めてね。私たちから見たら、「えっ?」と思うけど、それがいいんです。時代がころっと変わったのですから。

若松　でも、美しいものを欲してくれているのはとてもよいですね。

志村　価格もどんと落としたんですよ。

若松　そんなことしていいんですか（笑）。

志村　いいんですよ。若い人が理解して買ってくれるんだったら。そうしたら、それが成功したの。

若松　若い人にとってはやっぱり、それでも大変な額ですよ。

志村　もちろん何かを我慢してやりくりしていただくことになりますけどね。どうしてそんなに安くできるかっていうと、まず、工房のお弟子が織った着物だから。そして、余った糸で織っているから。工房では、一反織るごとに余った糸がどんどこ溜まっていくの。それを経糸にしたら、デザインも何も要らず、そのままですごくきれいなものができる。一本一本の糸が違っていても、その色がたくさん入っているところに緯糸で緑を入れて暈《ぼか》して織ると、とってもいいの。「微塵光《みじんこう》」って名前をつけたのですよ。微塵の光の着物です。

若松　とはいえ、方向性はある程度、先生が指示なさるんでしょう？

志村　そうですよ。お弟子には、そのまま織ればいいのよと言って、あとは考えてもらう。「どうですか」「あ、これなら、いいわよ」という具合で。今までの着物と一緒で、もちろん植物染料だし、手織りです。

若松　先生のお仕事が満ちてくると、若い人にもどんどん広がり始めるっていうのは、素晴らしいですね。それは、本当の「味」のする色を食べて、それが胸に、体に、滲みわたったってことなんじゃないでしょうか。比喩ではなく、色は心身の糧なのだと思います。

学校を作る

編集部　ふくみ先生は「アルスシムラ」、若松さんは「読むと書く」という、それぞれに学校を立ち上げてらっしゃいますが、それはどういうきっかけだったんでしょうか。

若松　私の場合は、自分で考えたのではなくて、一緒に会社をやっている大瀧純子さんが、あるとき、「講座」という器を作ってくれたんです。今でも企画は彼女と相談して作っています。

　私自身は、学校教育の国語はすごく苦手で、解答を選べなかったし、解答が準備されているような読書感想文を書かされるのも嫌だった。ですから、いわゆる「正しい」読み方なんてないということを皆さんと一度考えたかった。もう一つは、さっきも申し上げたように、その人に必要な言葉をその人が書くという当たり前のことを今一度、考えてみたかったというのもあります。もう二年半ぐらいやっていて、先生のお話も何回もしています。

志村　だから、そのあとうちの学校に来る方もいらっしゃる。

若松　言葉というものは、人から与えられるものじゃなくて、自分の中にすでに宿っているそれを発見していく営みなんだ、ということなんです。本当は自分の中にあるのに、相手からもらっていると思い込んでいるとき、人間はとても卑屈になる。自分で見つければいいだけなのに、いつも、「下さい、下さい」と求め続けることになる。人から与えられたものなんて、役に立たないのに。そこをちょっと立て直してみたいんです。この間も、大瀧さんと一緒にフリースクールに行って「読むと書く」をやったら、とても面白かったんです。

志村　学校に行かない子たちも、言葉を求めているのね。

若松　あの子たちこそ言葉を求めている、いや、言葉を宿しているという感じがしました。

編集部　「読むと書く」とは、具体的にどういうことをするんでしょうか?

若松　みんなで一つのテキストを読むんですけど、解答を探すためではなくて、一つの言葉を読んでも、全員受け止め方が違うんだということを確かめたいから、みんなで読むんです。そして、書くことは頭の中にあることを書くんじゃない。書いてみて初めて、自分が何を考えているかを知るということを体験してほしい。これはとても大事なことです。頭の中にあるものを書いているような「書く」は、大したことがない。それは単なるメモです。そうじゃなくて、「書く」とは未知なる自分と出会う行為です。

志村　頭の中にあると思っている人は書かないわね。自分の言葉にして書けないんです。

若松　頭だけを頼みにしていると書けないんですよね。そこをちょっと変えたくて。勉強も言葉も大事なんだけれども、そういうものは「書く」についての附帯的な条件ではあっても、絶対条件じゃない。本当に必要な言葉は、どんな状況でも出てくる。

志村　出てくるし、覚えている。忘れないのよね。

私たちが「アルスシムラ」を立ち上げたのは、やっぱり時代です。三・一一があってから、汚染ということが私たちはどうしても気になりました。空気も植物も人間も汚染される、そういう時代になったときに、仕事だ芸術だなんて、自分だけがそういうものを一生懸命守っているのが何だかむなしい感じがしてきて。今まで一緒に仕事をしてきたお弟子からも、東北で汚染された植物では染められませんって便りをいただいたので、一人で満足して終焉を迎えるより、思い切って開きましょう、と。でもこれは私だけじゃない。むしろ娘の洋子とか、孫のショージとか、若い人たちが、今の時代はやっぱり教育だと考えたからなのです。いわゆる学校教育じゃなくてね。私の母は昔、寺子屋みたいな小さな私塾をつくっていました。学校教育でものを覚えるんじゃなくて、芸術を通して体にしみ込んでいく教育、芸術教育をしたいと、朝からベートーベンを聞かせたり、ゴッホの絵を見せたりね。これも富本先生からの流れです。当時はまだ昭和の初めですから、周りにもそんなものはなかった。あの時代に、理想だけではなかなか続かなかったんでしょう。柳先生の民藝協団だって、結局は立ち行かなくなりましたから。でも、その母の挫折した思いが私にも伝わっていたのかもしれない。もう一つは、文化学院の西村伊作先生が、太平洋戦争が始まった年に徴兵を拒否し、不敬罪で投獄されて、学校が閉鎖になったということがあって。私はその頃に文化学院に生徒として通っていたものですから、この時代では切り捨てられるようなものを西村先生が命懸けで守ったのを間近で見ていたんです。当時はそれほどわからなかったのですけど、だんだん、反骨というのか、時代に対する見方が違ってきてしまって、教育というものは、あのときの西村先生の教育こそが本当だと思うようになりました。西村先生は、週に一回、精神講座というのをされたのですよ。その内容は、何と性的な教育でした。

若松　それはすごい。

志村　びっくりでしょう。そのぐらい、すごく進んでたんですよ。先生自身に確固とした信念があるから、平気で話せるのですね。文化学院は私財を投じて作られましたけど、与謝野晶子さん、鉄幹さん、山田耕筰、石井柏亭、と講師陣はすごい芸術家ばかりです。ぜいたくな教育ですよね。朝から映画を観に行ったりもしました。あの当時のフランス映画は、私にとっては最高の教育だった。人生というものがあれでわかったのです。

だから今、子供たちが「学校をやりたい」と言ったときに、私は若い人に投資するわと決めて、それで始まったんですよ。思いがけなかったのは、生徒さんたちがとっても意識的なこと。染めや織りの趣味のために、ではないのです。今の社会に違和感を持ち、危機的状況を感じて、ここに来ている人がほとんどです。そうじゃなかったら、こんな教科書も試験もない学校には来ませんよね。卒業してもどうなるかわからないわけですし。

若松さんの影響って言ったらおかしいかもしれないいんですけど、私もお弟子たちに、「読むだけではだめ、書きなさい」って言って、勉強会をしてるんですよ。一冊の本をみんなに読んでもらって、一ヶ月後に書いて、出してもらう。この前は岡潔と小林秀雄の『人間の建設』を渡しました。勉強会をやりだしたら、うちの若い人が、きちっと話せるようになって。

若松　あ、それはなりますよ。書ければ、流暢ではなくても心に届く言葉で話せるようになる。必ずそうなるんです。でもそれを先に言っちゃうと、話すことを目的にして書いちゃうから、言わないようにしていますけど。

志村　書くというのは大事ですね。たくさん読まなくてもいいから、一つのものをじっくり読んで、感想文を書く。これは大切なことですね。

若松　さっき先生は、本の同じところを何回も見るとおっしゃいました。そういうことがとても大事なのではないでしょうか。たくさん読んだことを誇る人の言葉なんか信用しないです。そこにあるのはかけがえのない経験ではなく、多くは情報の集積なんです(笑)。

志村　往復書簡の連載が終わって寂しいのですが、今も、ちょっと書いているんです。クレーのことなんかをね。

若松　先生はいつもあてもなく原稿を書かれますでしょう。

志村　あてもなく書いてしまうのですよ、ふっと思ったことや、感じていることを、ちょっとの時間で。朝六時に起きて、七時のお食事までの一時間に、お手紙だったり文章を書いたりをね。

若松　私にとって書くことは、先生にとっての織ることですから、やって当たり前ですが、先生の「書く」は、本当の「書く」ですね。その思索日記は、もう詩だと思います。

二〇一五年 十二月一日　嵯峨野にて

鍵の海 ON THE SEA OF KEYS

「鍵の海」は、本書に関連する書籍からの引用文集です。往復書簡で綴られた背景の一隅に漕ぎ出す頁であり、必ずしも往復書簡文中の鍵言語と同じではありません。「眺める」あるいは「感じる」という編集意図により、引用文の改行、行空きの変更、姓名、［ ］の語の補いを行っています（ただし詩の改行は原典どおり）。天の数字は「鍵の海No.」であり、ブックリストに引用原典を記しています。本書の著者である志村ふくみ氏、若松英輔氏、引用原典の著者、訳者へ敬意を表しつつ、これらの「鍵」が扉を開け、たいせつに原典が「読まれる」機会がおとずれ、さらに「鍵の宇宙」へ舟出されることを願います。

——求龍堂編集部

1

緋の舟

[HI·NO·FUNE]

…………コロス

竜神、竜王、末《すえ》神々へ願い申す。この節、雨降らずして、田畑はひび割れ、井戸水もなきくらいにてみな難渋しおるなり。

雨をたもれ　雨をたもれ
［…］
雨をたもれば
姫たてまつる
姫は神代の姫にて
沖宮の
花の億土より参られし
あどけなきかぎりの姫なるよ

次第

「今こそ、その時なるぞ」

用意せし舟を渚につけ、村長の妻、手をさしのべ、あやを花駕籠より恭しく降ろし、舟に乗せたり。

あざやかなる**緋の舟**なれば、浜辺の群衆しんとなり、霊気あたりにひろがり暮れゆく沖にむかってゆく小舟の華と見ゆれば、みなみな手を合わせたり。

――志村ふくみ・石牟礼道子『遺言　対談と往復書簡』石牟礼道子作
戯曲「沖宮」天草四郎の乳母の娘・あやを神に捧げ、雨乞いする場面より

2

明石

[AKASHI]

青海原に浮かぶ**小さな舟**、御簾《みす》を垂れた源氏の美々しい御輿、**青**と**緑**の対照の鮮やかなこの住吉の絵巻は、何か心に沁みるものがある。

姫《ひめ》君は何心《なにごころ》もなく、御車《くるま》に乗《の》らんことを急ぎ給ふ。寄《よ》せたるところに、母君《ははぎみ》みづからいだきて、出《い》で給へり。片言《かたこと》の声は、いと、うつくしうて、袖とらへて、
「のり給へ」
とひくも、いみじうおぼえて……

「薄雲」『源氏物語』

物心つかないうちに紫の上に渡して、姫の将来のため、自分のような身分の低いものが、そばにいてはいけないのだ、と[明石は]何ども何ども自分に言ってきかせる。

二歳のとき私も**母親**のもとをはなれ養家に行ったのだった。[…]**夜**の白い蒸気を吐く列車に、女中さんに抱かれて乗りこむところが浮かぶのである。[…]暗い駅の構内に**白**い蒸気と**赤**や**緑**のシグナルの点滅するのが胸に焼きついている。

——志村ふくみ『続・織と文 篝火』

3 『雪国』
[YUKIGUNI]

国境の長いトンネルを抜けると雪国であった。夜の底が白くなった。信号所に汽車が止まった。

——川端康成『雪国』

4 吉隠
[YONABARI]

降る雪はあはにな降りそ吉隠の
猪飼《ゐかい》の岡の寒からまくに〈穂積皇子〉

『万葉集』巻第二

但馬皇女の薨《こう》じて後に穂積皇子の冬の日、雪降るに遥かに御墓を望みて、悲傷流涕《りゅうてい》して御作りたまひし一首。そんな想いで織った母の「吉隠」がこの頃になってしみじみ美しいので私も織ってみたいと思って母の着物をかたわらにおいて織ってみたがまるで似て非なるものとなった。

何とはなしに母には母の哀しみが漂っているような気がした。若い二人息子を亡くした哀しみが。

——志村ふくみ『つむぎおり』

5
兄
［ANI］

自分の魂よ、よく考えてみよ。目では美しい芸術がみえる。耳では世にも尊い話が聞える。そして大好きな音楽も聞えるではないか。私は神の恵み、慈悲によって生かされつつあるのだ。〈小野元衛〉

日記より

厳しい**真夏**の太陽の下に、田園の一木一草が声もなく粛然とうなだれる時、兄はその短い烈しい生涯を閉じました。再度の病に倒れた晩年の兄は、いついかなる時も死と向い合い、その網の目をとおして、いわば**生**と**死**の**霞**のあわいに立って、この世を見つめていた様な気がします。

――志村ふくみ『一色一生』

6
霧
［KIRI］

いまは**霧**の向うの世界に行ってしまった友人たちに、この本を捧げる〈須賀敦子〉

「あとがき」『ミラノ　霧の風景』

この作品で「霧」が意味するのは、**現世**と**冥界**の分断ではなく、連続性である。「霧」は風景を隠すだけで、風景は存在している。冥界もまた、肉眼から隠れているに過ぎない。[…]彼女は「ミラノ育ちの夫は、霧の日の静かさが好きだった」と亡夫の思い出も綴っている。

——若松英輔『神秘の夜の旅』

7 死者 [SHISHA]

死者との対話を願うなら、孤独を恐れてはならない。彼らは、私たちが独りのときに傍らにいるからである。死者との邂逅を願うなら、悲しみから逃れようと思わない方がよい。

——若松英輔『魂にふれる』

8 見えざる世界 [MIE・ZARU・SEKAI]

私は自ら親しき者を失って、この者が永久に消去されたとはいかにしても考え得られなかった。否な、その者ひとたび見えざる世界にうつされて以来、私には見えざる世界の実在がいよいよ具体的に確証されたごとく感ずる。最も抽象的観念的に思われたであろうものが最も具体的に最も実在的に思われてきた。

——吉満義彦『吉満義彦全集 4』

9 すべて [SUBETE]

すべてのみえるものは、みえないものにさわっている。

きこえるものは、きこえないものにさわっている。

感じられるものは、感じられないものにさわっている。

おそらく、考えられるものは、考えられないものにさわっているだろう。〈ノヴァーリス〉

志村ふくみのノートより

本当のものは、みえるものの奥にあって、**物**や**形**にとどめておくことの出来ない領域のもの、海や空の青さもまたそういう**聖域**のものなのでしょう。この地球上に最も広大な領域を占める**青**と**緑**を直接に染め出すことが出来ないとしたら、自然のどこに、その色を染め出すことの出来るものがひそんでいるのでしょう。

——志村ふくみ『一色一生』

10 緑の秘密 [MIDORI・NO・HIMITSU]

植物の緑、その緑がなぜか染まらない。
あの瑞々しい緑の葉っぱを絞って白い糸に染めようとしても緑は数刻にして消えていく。どこへ——。
この**緑**の**秘密**が私を色彩世界へと導いていった。

闇にもっとも近い青と、光にもっとも近い黄色の、ゲーテの発見した際《きわ》の色から緑が誕生する過程を、目の前に存在する藍甕の中で証明することはできないかと、思うのである。

――志村ふくみ『ちよう、はたり』加筆

11
光の受苦
[HIKARI・NO・JUKU]

ゲーテは、内と外、部分と全体という視点を、有機体の世界のみならず、色彩の世界にも導入した。［…］

自然は神のなかに、神は自然のなかにあると信じるゲーテには、光を、分析され、測定されうる「物質」とみなすこと自体受け容れがたいものだった。［…］

自然は磁力や電気に見られるような分極性という物質的な力と、みずからを完成させようとする高昇という精神的な力を有していて、この二つの力を追究することが、とりもなおさず「生きた自然」を捉えることなのであった。［…］

色彩論においては色彩を光の表情として、つまり光が現実界の多様な状況に出会うときに示す多様な表情として把握しようとした。だから、

色彩は光の「行為であり、受苦である」と彼は言う。

――ゲーテ『自然と象徴』への高橋義人解題

12 神秘学 [SHINPIGAKU]

世界並びに人間の問題をその存在の根底までつき進んで把握しようとする要求がある場合には、認識の限界はどこにも存在しない、という立場なのです。認識のどこかにこれ以上先へ進めないという限界が設けられる場合、その立場をオカルティズムあるいは神秘学とはいわないのです。［…］

imaginativ《イマギナティフ》（霊視的）、inspirativ《インスピラティフ》（霊聴的）、intuitiv《イントゥイティフ》（霊的合一的）な認識手段によって、存在の根底にまで深く関わっていこうとする立場を神秘学と、一応名づけておこうと思います。

――高橋巖『シュタイナー哲学入門』

13
緑
[MIDORI]

動物は魂を持ち、人間は霊と魂を持っています。鉱物は生命を持ちません。植物は生命を持っているということによって、特徴づけられる存在なのです。動物はこれに加えて、魂をも持っています（鉱物はまだ魂を持っていません）。人間はこれに加えて霊を持っています。私たちは人間についても動物についても鉱物についても、生命がその本質であるということはできません。生命以外の何かがその本質なのです。植物の場合、その本質は生命です。緑の色はその像です。ですからまったく客観的に――

緑は生命の死せる像を表わす

と言うことができます。

――シュタイナー『色彩の本質』

14
科学と神秘
[KAGAKU·TO·SHINPI]

私は本書に「神秘学」という書名を与えたが、それによって直ちに誤解が生じた。ある人びとによれば、「科学」であろうとするなら、「神秘」であってはならない、という。[…]

本書のすべては、まさに「神秘」としか呼べないものに、「科学」を表現するときと同じ表現形式を与えようとしているのである。一体、「自然科学」という言葉を用いるとき、「**自然**」についての知識を扱う、というのではないのか。神秘学は、外なる自然の中には知覚されず、魂の内面を霊の方向に向けるときにのみ知覚されうるような「神秘」についての知識を扱う学なのである。

「神秘学」は「自然科学」の対極である。

――シュタイナー『神秘学概論』

15
桜
[SAKURA]

「この色は何から取り出したんですか」「桜からです」と志村［ふくみ］さんは答えた。素人の気安さで、私はすぐに桜の花びらを煮詰めて色を取り出したものだろうと思った。実際はこれは桜の皮から取り出した色なのだった。あの黒っぽいごつごつした桜の皮からこの美しいピンクの色が取れるのだという。志村さんは続いてこう教えてくれた。この桜色は一年中どの季節でもとれるわけではない。桜の花が咲く直前のころ、山の桜の皮をもらってきて染めると、こんな上気したような、えもいわれぬ色が取り出せるのだ、と。

私はその話を聞いて、体が一瞬ゆらぐような**不思議**な感じにおそわれた。春先、間もなく花となって咲き出でようとしている桜の木が、花びらだけでなく、木全体で懸命になって最上のピンクの色になろうとしている姿が、私の脳裡にゆらめいたからである。

――大岡信　講演録〈言葉の力〉

16
織
[ORI]

清涼寺の楸《ひさぎ》で染めた**灰色**は
山門や、塔のまわりを群れて飛ぶ
鳩の羽いろ
[…]
もしできることなら
苦患や、絶望のふかいところで
身を砕き、心を砕いて
黙って働いている女のひとの
その衣の中に
私は楸いろのほんのすこしの優しさを
織りまぜておきたい。

――志村ふくみ『色を奏でる』

17 曼荼羅 [MANDARA]

いつしか物語の精が乗り移って夜中灯を皎々と照らして、大幅の**織**にむかう**姫**とも化尼《けに》ともつかぬ精霊が一夜にして壮大な当麻曼荼羅を織り上げる場面《シーン》に自分も居合せた如く心身の高揚を感じた。

——志村ふくみ「当麻曼荼羅縁起」

18『死者の書』[SHISHA・NO・SHO]

雲の上には金泥《こんでい》の光輝く**靄**《もや》が、漂いはじめた。**姫**の、命を搾《しぼ》るまでの念力が、筆のままに動いて居るのであろう。やがて金色の雲気《うんき》は、次第に凝り成して、照り充ちた色身《しきしん》——現《うつ》し世の人とも見えぬ尊い姿が顕れた。

——折口信夫『死者の書』

19「花」[HANA]

中将姫のあでやかな姿が、舞台を縦横に動き出す。それは、歴史の泥中から咲き出た花の様に見えた。人間の生死に関する思想が、これほど単純な純粋な形を取り得るとは。僕は、かういふ形が、社会の進歩を黙殺し得た所以を突然合点した様に思つた。[…]世阿弥の「**花**」は秘められてゐる、確かに。

——小林秀雄「当麻」

20
無比の供物
[MUHI·NO·KUMOTSU]

[折口信夫]氏の言う「とこよ」は死者の国であり神の国である。古代人はとこよから来る神人を迎えてその加護の下に生活していた。死者と生者とは子供の想像の内でのように生きた交りをしていた。母を失った子供にとっては、死んだ人はどこか遠い所にいてそこから自分達を見守ってくれている人である。[…]ここでも死は存在しないということができる。死が姿を現わすのはこの死者と生者の生きた**つながり**が絶ち切られる時である。〈越知保夫〉「好色と花」

生と死の断絶を癒し、回復させることは、**和歌**の重要な使命の一つである。その祈禱にも似た「形式」は、古今和歌集における形而上的世界にむかって開かれる**言葉のかたち**によって決定された、と越知保夫は言う。傍観する者の眼には、言葉の羅列に過ぎなくとも、「神」の眼には、衷心から生まれた無比の供物に映ると越知は考えた。

――若松英輔『神秘の夜の旅』

21 やまとうた

[YAMATO・UTA]

やまとうたは、ひとのこころをたねとしてよろづのことの葉とぞなれりける。[…]花になくうぐひす、みづにすむかはづのこゑをきけば、生きとし生けるもの、いづれかうたをよまざりける。〈紀貫之〉

「古今和歌集」

この有名な紀貫之の古今集の仮名序の一節を読んでみても、貫之にとって歌とは、花に鳴くうぐいす、水に住む蛙の声と同じく、この根源的な生命力ともいえる何かが、人間の生命と言葉を通してほとばしりでてくるものであったといえましょう。

――井上洋治「日本とイエスの顔」

22 色のない世界

[IRO・NO・NAI・SEKAI]

散文では『源氏物語』の豊饒な色の絢爛とした美の世界とともに、変容する色相の変遷がある。そして物語の深化の果てに辿りついた究極の色とは？　それは色のない世界、すなわち、無彩色の思想といえる。平安時代に極まった『源氏物語』のネガティブなこの思想が時代を経て、享受され、昇華した律文がある。鎌倉から南北朝時代の『玉葉和歌集』『風雅和歌集』の色たち、いわゆる**京極派の歌**たちである。この京極派歌人たちは『源氏物語』を読んで読み込んだ末、身につまされる受難の実体験から、自身の生か死か、極まった厳しい現実と『源氏物語』が重なり、やがて『宇治十帖』の宗教的命題へと両者は深化し、交錯してゆく。その情景なり哲学が一層凝縮されて、歌に表現されたもの、それはつまるところ、透明な色といっていいだろう。時代を隔てて、両作品は散文と律文ながら奇しくも色のない世界に到達する。

――伊原昭『源氏物語の色：いろなきものの世界へ』

23 至高の美

[SHIKO・NO・BI]

平安衣装の実物は現存していないが、当時の文学における宮廷衣装とその色への数えきれないほどの言及によって、また同様に後世の絵巻物、とりわけ有名な**『源氏物語』**の絵巻に描かれた宮廷生活の優雅な場面の絵画表象によって、物的証拠の欠如は十分補える。衣服は、たいていの場合、言語でも絵画でも細心の注意を払って描かれた。なぜなら、ある人物の着る衣服は、平安時代にはその人物の人格の最も直接的な表現と考えられていたからである。「着物は人格であり、やがてその人がらの象徴である」のだ。［…］

平安貴族の美的感覚によって創造された、この華々しく色彩豊かな世界の只中にあっても、ほとんど常に、ある種の落ち着き、静穏、静寂が認められるということである。それは、選んだ色彩の質そのものに、あるいは互いに組み合わされる独特な方法――あるいはおそらくその両方――に起因するものだが、そのためにほとんどの場合、色彩は繊細に抑えられ、和らげられている。[…]

『源氏物語』の中で、紫式部の審美眼がすでに、感覚的な享楽の「色彩豊かな」軽薄さをはるかに越えて、暗く**色のない世界**の至高の美へと転じていることに、私たちは驚かされもする。

――井筒俊彦『禅仏教の哲学に向けて』

24

不二の美

[FUJI·NO·BI]

「不二の美」は、
醜でもなく、美でもないものです。
美と醜とがまだ分れない前のものです。
美と醜とが互いに即して了《しま》うものです。
反面に醜のない、美それ自らのものです。

――柳宗悦「無有好醜の願」

25 民衆的工藝

[MINSHU・TEKI・KOGEI]

自からは美を知らざるもの、我に無心なるもの、名に奢《おご》らないもの、自然のままに凡てを委ねるもの、必然に生れしもの、それらのものから異常な美が出るとは、如何に深き教えであろう。凡てを神の御名においてのみ行う信徒の深さと、同じものがそこに潜むではないか。

――柳宗悦「雑器の美」

26 美と宗教の悲願

[BI・TO・SHUKYO・NO・HIGAN]

よく知られた「考える人」も、もともとは「地獄の門」の一部だった。「考える人」の原題は Penseur である。[…]柳は、これを「冥想の人」と訳している。[…]ロダンの「芸術は既に新しき一つの宗教なる如くに思われる」と柳は同じ一文に記している。美と宗教は、その本願において一なるものに連なると柳は信じていた。

――若松英輔〈柳宗悦　美に用いられた人〉「目の眼」No. 462

27 地獄の門

[JIGOKU・NO・MON]

永遠の物のほか物として我よりさきに造られしはなし、しかしてわれ永遠に立つ、汝等こゝに入るもの一切の望みを棄てよ

――ダンテ『神曲』地獄篇

28

物

[MONO]

だが、それにしても、
何故人間が、人間同志の間で失ったものを、
否、人間が与え得ないものを、
「**物**」があたえてくれるのか。何故、存在する喜びを、生への信頼を、
愛を「物」に求めに行かねばならないのか。[…]
人間と人間との間では愛も信頼も媒介者なしに直接的に与え合うとい
うことが不可能なようにつくられているのではないか。

——越知保夫「小林秀雄論」

29

物（ディンゲ）

[MONO]

物（Dinge）

この言葉を私が言ううちに（お聴きでしょうか）、或る静寂が起こります。
物のまわりにある静寂。すべての運動がしずまり、輪郭となり、そし
て過去と未来の時から一つの永続するものがその円を閉じる、それが
空間です、無へ追いつめられた**物**（Dinge）の偉大な鎮静であります。
[…]
あらゆる**形**を見、それを与えることのできる者があれば、そういう者

こそ（ほとんど自分では意識することもなく）すべての精神的なものを私たちに与えることができるのではないでしょうか。［…］

あるのは種々さまざまに動かされ変化されたただ一つの表面にすぎないのです。この思想の中に、ひとは一瞬**全世界**を考えることができました、すると全世界は単純となり、この思想を思っている人の手の中に課題として置かれました。なぜなら、何物かが一つの生命となり得るか否かは、けっして偉大な理念によるのではなく、ひとがそういう理念から一つの手仕事を、日常的な或るものを、ひとのところに最後までとどまる或るものを作るか否かにかかっているのです。

ここで私はもうだまっているわけにはゆかない名前を思いきってよび上げることにします。それはロダンです。

——リルケ『ロダン』

30
セザンヌの絵
[CÉZANNE·NO·E]

リルケはリルケらしい言い方で、それを言っている。「私はこれを愛する」と言っている様な絵を画家は皆描きたがるが、セザンヌの絵は「此処にこれが**在る**」と言っているだけだ、と言う。

——小林秀雄「近代絵画」

31 損失

[SONSHITSU]

おお、そのわけはそこに幸福があるからではない、
幸福とはまぢかに迫りつつある損失の性急な先触《さきぶ》れにすぎないのだ。
[…]
この地上こそ、言葉でいいうるものの季節、その故郷だ。
されば語れ、告げよ。いまはかつてのいかなる時代より
物たちがくずれてゆく、真実の体験となりうる物たちがほろびてゆく。

——リルケ『ドゥイノの悲歌』第九悲歌

32 天使

[TENSHI]

ああ、いかにわたしが叫んだとて、いかなる**天使**が
はるかの高みからそれを聞こうぞ？　よし天使の列序につらなるひと
りが
不意にわたしを抱きしめることがあろうとも、わたしはその
より烈《はげ》しい存在に焼かれてほろびるであろう。なぜなら美は
怖《おそ》るべきものの始めにほかならぬのだから。われわれが、かろうじて
それに堪《た》え、
嘆賞の**声**をあげるのも、それは美がわれわれを微塵《みじん》にくだくことを

とるに足らぬこととしているからだ。すべての天使はおそろしい。
こうしてわたしは自分を抑え、暗澹《あんたん》としたむせび泣きとともに
ほとばしり出ようとする誘いの声をのみこんでしまうのだ。

――リルケ『ドゥイノの悲歌』第一悲歌

33 声 [KOE]

声がする、声が。**聴け**、わが心よ、かつてただ聖者たちだけが
聴いたような聴きかたで。巨大な呼び声が
聖者らを地からもたげた。……
……おまえも神の召す**声**に
堪えられようというのではない、いやけっして。しかし、**風**に似て吹
きわたりくる声を聴け、
静寂《せいじゃく》からつくられる絶ゆることないあの音信《おとずれ》を。

――リルケ『ドゥイノの悲歌』第一悲歌

34 語りかける花 [KATARI·KAKERU·HANA]

ふと私に呼びかける花があった。手折ってしみじみとみつめれば、小
さな**花**は慎ましい美の化身のように、私にさまざまのことを語った。

――志村ふくみ『語りかける花』

35 聴け [KIKE]

地上のものであれ、空中のものであれ
ここに集うもろもろの生きものに
幸いあれ。
わたしが説くことをよく聴け。

――ブッダ『スッタニパータ』

36 み言葉 [MIKOTOBA]

初めにみ言葉があった。
み言葉は神とともにあった。
み言葉は神であった。
み言葉は初めに神とともにあった。

――イエス「ヨハネ伝」

37 パン [PAN]

わたしが命のパンである。
わたしの所に来る者は、
決して飢えることがなく、
わたしを信じる者は、
もはや決して渇くことがない。

――イエス「ヨハネ伝」

38 最後の晩餐

[SAIGO・NO・BANSAN]

わたしは苦しみを受ける前に、あなた方とともに、この過越の食事をすることを切に望んでいた。あなた方に言っておくが、神の国で過越が成就されるまでは、もう二度と過越の食事をすることはない。〈イエス〉

「ルカ伝」

切迫する最期を前にイエスが弟子たちに残したのが食事という経験だったことは注目してよい。このときの食事は「最後の晩餐」と呼ばれる。だが、そうした言葉は福音書を探しても見つからない。また、キリスト教のすべての宗派がこのときの出来事をそう呼称するわけでもない。このときイエスは弟子たちに、「パン」と「ぶどう酒」を自らの象徴として与えた。

——若松英輔『イエス伝』

39 食は「いのち」

[SHOKU・HA・INOCHI]

「いのち」の目指すところは
「ヒト」が「人になること」「なろうとすること」
この命題にむけて、「ヒト」が心すること。
いのち(神佛)の慈悲から、目をそらさぬこと。
愛し愛されることを、存在の核にすえること。
宇宙・地球即ち風土とひとつになり

その一環として生きること。
「食べもの」をつくり　食すということは、この在り方を尊厳することである。〈辰巳芳子〉
食は「いのち」と直結している。

——若松英輔『生きる哲学』

40 霊魂の食物
[REIKON·NO·SHOKUMOTSU]

宗教は実験であります。その材料は、農業のそれとひとしく、実物であります。人の霊魂を養うことであります。**霊魂の食物**を供することであります。霊において生長し、その健全を計り、ついに**神**の**完全《まった》**きがごとくに完全くなることであります。

——内村鑑三『内村鑑三信仰著作全集14』

41 業《ごう》の重圧
[GO·NO·JUATSU]

霊性の動きは、現世の事相に対しての深い反省から始まる。この反省は、遂には因果の世界から離脱して永遠常住のものを攫《つか》みたいという願いに進む。業《ごう》の重圧なるものを感じて、これから逃れたいとの願いに昂《たか》まる。これが**自分の力**でできぬということになると、何がなんであってもそれに頓着なしに、自分を業縁《ごうえん》または因果の繋縛から離してくれる絶対の大悲者を求めることになる。

——鈴木大拙『日本的霊性』

42
実／非実
[JITSU/HIJITSU]

霊性的世界を実際に把握するとき［…］日常一般の経験体系が全く逆になるのです。**実が非実**になり、**真が非真**となる［…］それはこの霊性的世界が一般の感性的・知性的世界へ割り込んでくるとき、吾等の今までの経験をみな否定するからです。

——鈴木大拙『仏教の大意』

43
人生の不幸
[JINSEI·NO·FUKO]

人生の不幸は、霊性的世界と感性的分別的世界とを二つの別別な世界で相互にきしりあう世界だと考えるところから出るのです。渾然たる**一真実**の世界に徹せんことを要します。

——鈴木大拙『仏教の大意』

44
宗教
[SHUKYO]

宗教は人の霊性をつかさどるものにして、人と神（宇宙）との関係を明らかにするものなれば、政治法律のごとく人と人との関係を直接に論究せず。

――内村鑑三『内村鑑三信仰著作全集 1』

45
宇宙と自己
[UCHU・TO・JIKO]

この肉体我《が》の奥底に仏性という霊性が伏蔵して、この霊性開発する時は即ち宇宙の目的と合致し、宇宙の大霊と自己の小霊は霊性開く時に始めて全く一致して、大霊と合致す。

――山崎弁栄『人生の帰趣』

46
神は死んだ
[KAMI・HA・SHINDA]

神を見失うことは人間を見失うことにほかならない。「神は死んだ」と言うことは「人間は死んだ」と言うのと別のことを意味しない。

――吉満義彦『吉満義彦全集 3』

47
風
[KAZE]

空気が動き出すと、私たちはそれを風と呼ぶ。ギリシア語で風を表わすプネウマ（pneuma）は、のちにキリスト教の三位一体をなす聖霊を意味することになる。イスラーム神秘哲学の祖、イブン・アラビーは、同質の働きを「神の慈愛の息吹」と表現する。同時代、イランに生まれた神秘哲学者スフラワルディーは、それを**光**と呼んだ。

――若松英輔『魂にふれる』

48 謎 [NAZO]

私たちはみな、裡《うち》に哲学者、詩人、画家、あるいは音楽家を**秘**めている。預言者が「謎」の言葉を担うように、哲学者は「謎」の論理を背負い、画家の使命は「謎」の色の、音楽家は「謎」の音の表現者となる。

――若松英輔『魂にふれる』

49 死の体験 [SHI・NO・TAIKEN]

死の体験者は一人もいないにもかかわらず、「**死論**」は無数に積み重ねられ、今も続いている。**臨死**は死ではない。私たちは死を経験することはできない。この事実は死を考えるとき、もう一度考え直されなくてはならない。経験し得るのは、近しい人間の死だけである。

――若松英輔『神秘の夜の旅』

50 浄土の存在
[JODO·NO·SONZAI]

浄土の存在の有無はしかく問題になった事がないのであります。もっとも浄土の相を形容した言葉はむしろ多過ぎるほどあるのでありますが、その「存在の有無」は大した中心問題ではなかったのであります。何故ならそれは現下の浄土であって、ただ遠方の国ではなかったからであります。

——柳宗悦「美の浄土」

51 すずし
[SUZUSHI]

春は花夏ほとゝきす秋は月冬雪さえて冷《すず》しかりけり〈道元〉

——「傘松道詠」

52 阿留邊畿夜宇和
[ARUBEKIYOUWA]

人は阿留邊畿夜宇和《あるべきやうわ》と云《い》ふ七文字を持《たも》つべきなり。僧は僧のあるべき様、俗は俗のあるべき様なり、乃至帝王は帝王のあるべき様、臣下は臣下のあるべき様なり。此あるべき様を背く故に、一切悪《わろ》きなり。

——「栂尾明恵上人遺訓」

53 〈人〉
[HITO]

仏教は、その歴史的な始まりから、〈人〉の問題に、それももっぱらその問題にかかわってきたと言っていいかもしれない。仏陀の〈真理〉探求の出発点は、彼自身が周囲で見た人間実存の不穏な苦しみによって用意された。そして、彼が悟りに達した後に展開した教義は、徹頭徹尾、人間的・人道的・人道主義的であった。彼の死後ほどなくして発展し始めた仏教哲学も、それが最も基本的な問題として「無我」の観念に深刻にかかわっていたという意味で、「人間的」なものであった。ここで、再び私たちは、「自我」の問題系という特定の形式で哲学的な思慮の対象となっている〈人〉について考察する。

仏教のこの人間中心的傾向は、禅宗の興隆と発展によって際立って強化された。悟りの実際体験を世界観の基軸とすることで、禅は絶対的な自己の問題として伝統的な〈人〉の問題を興し、あるいは再定式化した。アリストテレス流の「人とは何か?」という形式で〈人〉にかかわる問いを立てる代わりに、禅仏教は直接的に「私とは誰か?」と問うことから始める。[…]

禅によれば、〈人〉はその真のリアリティにおいては、絶対的な自己なのであり、絶対的な自己でなければならないからである。

——井筒俊彦『禅仏教の哲学に向けて』

54 禅 [ZEN]

禅は東洋の専売にあらず、また仏教の特色にあらず、いやしくも宗教に憧《あこが》るる人の心あるところには、禅の面目の発揮せらるべきは**自然**の**理**なり。されば予はここにキリスト教国の禅なるもの、泰西の宗教文学中に現われたる禅なるものをすこしく紹介せんと思う。禅とは梵語《ぼんご》の禅那の略にして、その本来の義は思惟とか、冥想とか、静観とかいうことなり。

——鈴木大拙『禅の第一義』

55 霊性 [REISEI]

霊性とは、事物の**精髄**であり、生命、万物の魂を決定するもの、そして、内に燃える炎として認識された。

——岡倉天心『The Ideals of the East』

56 いのち [INOCHI]

現代は、「霊」あるいは「霊性」という言葉を、その源泉にさかのぼり、原意を知り、それを内で育《はぐく》む前に**消費**したのです。しかし、それは今、霊性という言葉を用いない者によって「いのち」という表現となってよみがえってきつつある。

——若松英輔『霊性の哲学』

57
不滅
[FUMETSU]

現象は**生滅**を繰り返す。しかし、実在は**不滅**である。肉体と魂の関係も、それに呼応している。

——若松英輔『魂にふれる』

58
二つの世界
[FUTATSU・NO・SEKAI]

普通吾等の生活で気のつかぬことがあります、それは吾等の世界は一つでなくて、二つの世界だということです。そうしてこの二つがそのままに一つだということです。二つの世界の一つは**感性と知性の世界**、今一つは**霊性の世界**です。

——鈴木大拙『仏教の大意』

59
光り
[HIKARI]

「光り」と「光り輝くもの」は違う。私たちが見ているのは「光り」ではなく、常に「光り輝くもの」です。通常人間は、「光り」を見ることができない。しかし、「**光り**」は**実在**する。

——若松英輔『霊性の哲学』

60 美しい「花」

[UTSUKUSHII・HANA]

世阿弥が美といふものをどう言う風に考へたかを思ひ、其処に何んの疑はしいものがないことを確かめた。「物数を極めて、工夫を尽して後、花の失せぬところを知るべし」。美しい「花」がある、「花」の美しさといふ様なものはない。

――小林秀雄「当麻」

61 実在の哲学

[JITSUZAI・NO・TETSUGAKU]

人が熊に遭遇する、そこには生命の危機がある。しかし、剥製は違います。剥製の熊にさわり、眺めながら、熊について語ることはできる。でも、それだけで熊を知ったということにはなりません。[…]概念として語られた哲学にどんなにふれても、実在としての哲学に近づくことにはならない。**実在の哲学**、それは教壇から語られる言葉よりもむしろ、私たちの日常に潜んでいる。[…]存在の深まりを経験するということは一なるものへと還《かえ》っていくことであると井筒[俊彦]は考えている。その道程を明らかにするのが哲学の使命だというのです。このことがもし実現されれば、あらゆる**差別**というものは無くなるはずです。宗教の、文明の**衝突**も無くなる。

――若松英輔『霊性の哲学』

62 期待
[KITAI]

（わたしたちが生きることからなにを期待するかではなく、むしろひたすら、生きることがわたしたちからなにを期待しているかが問題なのだ）ということを学び、**絶望**している人間に伝えねばならない。

——フランクル『夜と霧』

63 病友《とも》よ
[TOMO・YO]

真夜中です。身をつん裂く寒気——
この尾根の闇黒《やみ》と沈黙《しじま》です。ああ
朝よ、ぼくらにあなたの顔が見えない。
けれど病友《とも》よ、いまは
ホントに真夜中なのだろうか。
火です。ぼくらひとりひとりの
小さな生命の火を寄せあい、かきたて
ついに燃えあがつた焔です。
愛よ、炎炎と燃えさかるぼくらの火柱で
日本の天をも焦がせ。病友《とも》よ

——谺雄二「朝へ」『死ぬふりだけでやめとけや　谺雄二詩文集』

64 孤独 [KODOKU]

ハンセン病というものの真の苦痛は、その病そのものにあるのではなくて、その病が人を追いこんでゆく孤独のなかにあるのだ、なにか私はいまさらながら愕然とさせられた思いで立ちすくんでいたのでした。

――井上洋治「日本とイエスの顔」

65 癩者よ [RAISHA・YO]

許してください、癩者よ。
浅く、かろく、生の**海**の面に漂うて、
そこはかとなく神だの霊魂だのと
きこえよき言葉あやつる私たちを。

――神谷美恵子『生きがいについて』

66 唇に [KUCHIBIRU・NI]

読めるだろうか
読まねばならない
点字書を開き**唇**にそっとふれる姿をいつ
予想したであろうか……
[…]
唇に血がにじみでる
舌先がしびれうずいてくる

試練とはこれか——
かなしみとはこれか——

——近藤宏一「点字」『闇を光に』

67 ドレミの色

〔DOREMI・NO・IRO〕

「ぼくの覚えるドレミの波には色彩があるんだ。ドは赤、レは黄、ミは青という具合にね……」と話す、ある楽団員の言葉を近藤［宏一］が伝えている。彼らは唇で音を「聞き」、**舌**で言葉を「読む」。**音**に波長を感じ、**色**として理解する。

——若松英輔『魂にふれる』

68 トウリエ街

〔TOALLIER・GAI〕

「九月十一日トウリエ街にて
人々は生きるためにこの都会へ集まって来るらしい。しかし、僕はむしろ、ここではみんなが死んでゆくとしか思えないのだ。僕はいま外を歩いて来た。［…］子供は眠っていた。大きく口をあけて、ヨードホルムやいためた馬鈴薯や精神的な**不安**などの**匂い**を平気で呼吸していた。僕は感心してじっと見ていた。——生きることが大切だ。とにかく、**生きる**ことが何より大切だ。」

——リルケ『マルテの手記』

69

一期一会

[ICHIGOICHIE]

例えば一つの事に真実徹すれば、それで宗教の本質にふれているのです。ですから、生やさしいものではないのです。非常に厳しいものです。茶道の一期一会《ごえ》に通ずるものです。一期一会とは、私がこの手紙をかいている時は、一生に唯《タダ》一度かく**手紙**という事に目ざめて、真剣に真剣に徹して書く事です。今こうして手紙をかく事は一生で唯一度の事です。永遠に立脚して一刻一刻に努力するのです。〈小野元衞〉

――志村ふくみ『一色一生』

70

手紙

[TEGAMI]

「あなたは外へ眼を向けていらっしゃる、だが何よりも今、あなたのなさってはいけないことがそれなのです。誰もあなたに助言したり手助けしたりすることはできません、誰も。ただ一つの**手段**があるきりです。自らの内へおはいりなさい。あなたが書かずにいられない根拠を深くさぐって下さい。[…]もしもあなたが**書く**ことを止められたら、死ななければならないかどうか、自分自身に**告白**して下さい」

――リルケ『若き詩人への手紙』

71 「書く」[KAKU]

書き手が書いていく。それにつれて、意味リアリティが生起し、展開していく。意味があって、それをコトバで表現するのではなくて、次々に書かれるコトバが意味を生み、リアリティを創っていくのだ。コトバが書かれる以前には、カオスがあるにすぎない。書き手がコトバに身を任せて、その赴くままに進んでいく、その軌跡がリアリティである。「世界」がそこに開現する。

――若松英輔『生きる哲学』

72 『古事記』[KOJIKI]

幾時の間にか、誰も古典と呼んで疑わぬものとなった、豊かな表現力を持った傑作は、理解者、認識者の行う一種の冒険、実証的関係を踏み超えて来る、無私な全的な共感に出会う機会を待っているものだ。機会がどんなに稀れであろうと、この機を捕えて新しく息を吹き返そうと願っているものだ。物の譬えではない。不思議な事だが、そう考えなければ、或る種の古典の驚くべき永続性を考えることはむつかしい。宣長が行ったのは、この種の冒険であった。

――小林秀雄「本居宣長」

73 コトバと言語

[KOTOBA・TO・GENGO]

コトバとは、言語の別称ではない。むしろ言語の姿を脱ぎ捨てた生ける意味そのものである。それはときに人生からの呼びかけとして顕われる。コトバはさまざまな姿をしている。**色、音、かたち、律動、沈黙**のうちに生きる者の姿も雄弁なコトバとなる。

――若松英輔『霊性の哲学』

74 コトバ

[KOTOBA]

およそコトバなるものには「**天使**的側面」があるということ、つまりすべての語は、それぞれの普通一般的な意味のほかに、異次元的イマージュを喚起するような特殊な意味側面があるということだ。「天使」などのように、始めから異次元の存在を意味する語ばかりでなく、「木」とか「山」とか「花」のようなごくありきたりの事物を意味する語も、やはり、**異次元的イマージュ**に変相する意味可能性をもっている……

――井筒俊彦『意識と本質』

75 コトバとココロ

[KOTOBA・TO・KOKORO]

コトバとココロは、私たちと死者をつなぐ二つの**道**である。コトバは、冥界から死者を呼び出し、ココロは、死者の国を映し出す。言葉は生者間にのみ有効な何かだが、コトバは生者と死者をもつなぐ不可視な有機体である。精神は分析の対象になり得るかも知れないが、ココロは生者と死者をつなぐばかりか、その**彼方**へと導こうとする。

――若松英輔『魂にふれる』

76 たましひ [TAMASHII]

「たましひ」は人間に、いつも異界のあることを思い出させる。その記憶が**言霊**という表現を想起させる。言霊とは、言葉に魂があることを説明するために、誰かが発明した表現ではない。言葉には「たましひ」があることを想い出したとき、人は言霊という**実在**があることに気がつくのである。

――若松英輔『魂にふれる』

77 言霊 [KOTODAMA]

言霊とは、言葉に存在する**「たましひ」**の部分ではない。「たましひ」である言葉、あるいは言葉である「たましひ」である。「言霊」は私たちを存在の深み、意味の深みへと導く。さらにいえば、世界は「言霊」のなかにあることを開示する。

――若松英輔『魂にふれる』

78 不知火 [SHIRANUI]

『苦海浄土』を著した石牟礼［道子］さんは、**水俣**と共に生き、病み、死ぬ人々を見つめながら、もはや言語によっての救済はあり得ないと、思い至ったとき、天啓のように作能に出会った。胎内に宿した玉を吐き出さずにはいられない、それは文章にしてのこすのではなく、日本の**芸能**の祖に托して、言葉からの呪縛をはなれ、音曲、舞という翼にのせて羽ばたかせたい、という思いがつよくあったのであろう。石牟礼さんは、「なにをどう書きたいのか、非常に漠然としていました。しかし、書きはじめてみると、**言霊**たちが憑依《ひょうい》してきて無意識の海底へくぐり入りながら身をまかせるようなよろこびがございまして」と語る。

——志村ふくみ『ちよう、はたり』
石牟礼道子新作能「不知火」について

79 滅び [HOROBI]

極端な言い方かも知れませんが、**水俣**を体験することによって、私達が知っていた**宗教**はすべて滅びたという感じを受けました。〈石牟礼道子〉

——志村ふくみ『ちよう、はたり』
石牟礼道子とイバン・イリイチとの対談より

80 予言 [YOGEN]

すべての宗教が**滅び**、水俣のような受難とひき替えに新しい宗教が興るか、もし二十一世紀以後生きのびることができれば次の世紀へのメッセージとして宗教的な縦糸が果してのこせるのか、また、それを読み解くことができるか、これらの**予言**が常に私の内部で因陀羅網の網の目のようにゆらぎふるえつつ何かを期待していたのだろうか。

――志村ふくみ『ちよう、はたり』

81 悲 [HI]

「悲」とは含みの多い言葉である。二相のこの世は悲しみに満ちる。そこを逃れることが出来ないのが命数である。だが悲しみを悲しむ心とは何なのであろうか。悲しさは共に悲しむ者がある時、ぬくもりを覚える。悲しむことは温めることである。悲しみを慰めるものはまた悲しみの情ではなかったか。悲しみは慈《いつくし》みでありまた「愛《いとお》しみ」である。悲しみを持たぬ慈愛があろうか。それ故慈悲ともいう。仰いで大悲ともいう。古語では「**愛し**」を「**かなし**」と読み、更に「**美し**」という文字をさえ「かなし」と読んだ。

――柳宗悦『南無阿弥陀仏』

82

一切

[ISSAI]

目に見えるものでも、見えないものでも、遠くに住むものでも、近くに住むものでも、すでに生まれたものでも、これから生まれようと欲するものでも、一切の生きとし生けるものは、**幸せ**であれ。

――『ブッダのことば』

83

生きる

[IKIRU]

わたしはあなたがたを捨てて孤児とはしない。あなたがたのところに帰って来る。もうしばらくしたら、世はもはやわたしを見なくなるだろう。しかし、あなたがたはわたしを見る。わたしが生きるので、あなたがたも**生きる**からである。

――イエス「ヨハネ福音書」

84

真実の意味

[SHINJITSU・NO・IMI]

言葉に秘められた**真実**の意味を知るのは、それを発した者ではなく、受けた者である。

――若松英輔『魂にふれる』

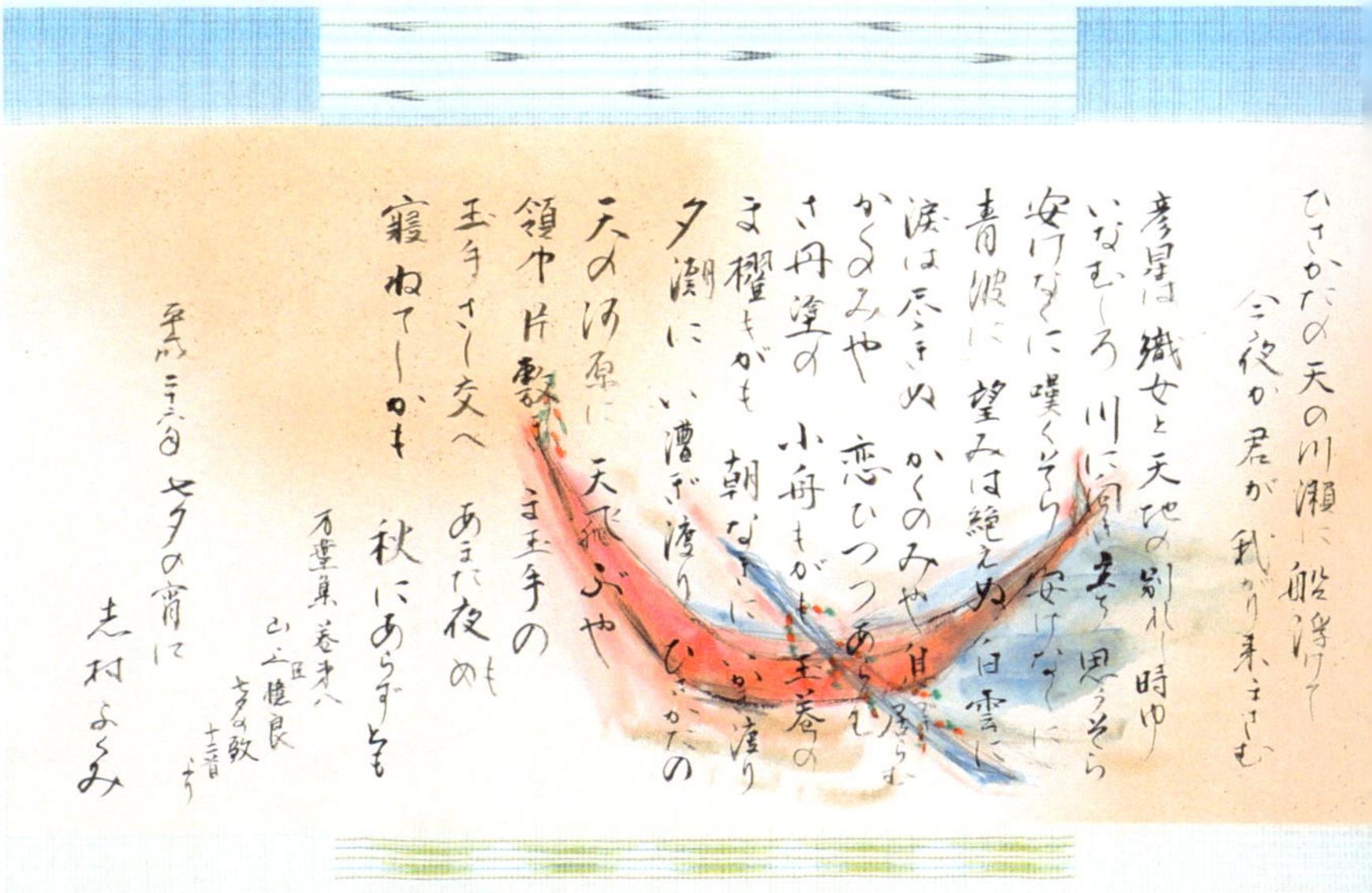
ひさかたの天の川瀬に船浮けて
今夜か君が我がり来まさむ
彦星は織女と天地の別れし時ゆ
いなむしろ川に向き立ち思ふそら
安けなくに嘆くそら安けなくに
青波に望みは絶えぬ白雲に
涙は尽きぬかくのみや息づき居らむ
かくのみや恋ひつつあらむ
さ丹塗の小舟もがも玉巻の
ま櫂もがも朝なぎにい掻き渡り
夕潮にい漕ぎ渡りひさかたの
天の河原に天飛ぶや
領巾片敷きま玉手の
玉手さし交へあまた夜も
寝ねてしかも秋にあらずとも
万葉集巻第八
山上臣憶良
七夕の歌
十二首より
平成二三年七夕の宵に
志村ふくみ

ブックリスト

凡例／参考文献、引用原典を各書簡ごとにリストアップした。参考文献は著者の身近な書籍、現在入手しやすい書籍を適宜選んだ。＊複数書簡に同一の文献が関連する場合も、本リストの用途を考慮し、各書簡ごとに繰り返し記載した。＊「鍵の海No.」とは、本書、二三一頁から二六四頁の「鍵の海」にある鍵言語の番号であり、その引用原典を示している。＊若松英輔氏の選出による「死者論」関連の書籍は『死者との対話』（トランスビュー）を参照されたい。

——求龍堂編集部

著者	監修・編集・翻訳など	書名	出版社	出版年	鍵の海No.
第1信					
井筒俊彦	野平宗弘・訳	『禅仏教の哲学に向けて』	ぷねうま舎	二〇一四年	23、53
ルドルフ・シュタイナー	高橋巖・訳 ワタリウム美術館・監修	『遺された黒板絵』	筑摩書房	一九九六年	
若松英輔		『生きる哲学』	文春新書	二〇一四年	39、71
若松英輔		『イエス伝』	中央公論新社	二〇一五年	38
紫式部	高木市之助ほか・監修	「源氏物語」『日本古典文学大系14—18』	岩波書店	一九五八—六三年	
伊原昭		『源氏物語の色：いろなきものの世界へ』	笠間書院	二〇一四年	22
ヨハン・W・V・ゲーテ	高橋義人・編訳 前田富士男・訳	『自然と象徴』	冨山房百科文庫	一九八二年	11
志村ふくみ		『ちよう、はたり』	筑摩書房	二〇〇三年	10、78、79、80

第2信

ライナー・M・リルケ	堀口大學・訳	『果樹園』	青磁社	一九四二年	
若松英輔		〈柳宗悦　美に用いられた人〉「目の眼」	目の眼	二〇一五年―	26
志村ふくみ		新装改訂版『一色一生』	求龍堂	二〇〇五年	5、9、69
志村ふくみ		『晩禱　リルケを読む』	人文書院	二〇一二年	
石牟礼道子		『新装版　苦海浄土』	講談社	二〇〇四年	

第3信

ライナー・M・リルケ	大山定一・訳	『マルテの手記』	新潮文庫	一九五三年	68
ライナー・M・リルケ	高安国世・訳	『ロダン』	岩波文庫	一九四一年	29
ダンテ・アリギエーリ	山川丙三郎・訳	『神曲』	岩波文庫	一九九二年	27
川端康成		『雪国』	岩波文庫	二〇〇三年	3
川端康成／東山魁夷	平山三男／水原園博・編	『川端康成と東山魁夷　響きあう美の世界』	求龍堂	二〇〇六年	
川端康成／東山魁夷	川端香男里／東山すみ・監修	『巨匠の眼　川端康成と東山魁夷』	求龍堂	二〇一四年	
伊原昭		『源氏物語の色：いろなきものの世界へ』	笠間書院	二〇一四年	22
志村ふくみ		『ちよう、はたり』	筑摩書房	二〇〇三年	10、78、79、80
志村ふくみ		『晩禱　リルケを読む』	人文書院	二〇一二年	
ライナー・M・リルケ	手塚富雄・訳	『ドゥイノの悲歌』	岩波文庫	一九五七年	31、32、33
若松英輔		『吉満義彦　詩と天使の形而上学』	岩波書店	二〇一四年	
吉満義彦		『吉満義彦全集』	講談社	一九八四―八五年	8、46

若松英輔		〈美しい花　小林秀雄〉「文學界」	文藝春秋	二〇一五年―	
若松英輔		〈柳宗悦　美に用いられた人〉「目の眼」	目の眼	二〇一五年―	26
ライナー・M・リルケ	高安国世・訳	『若き詩人への手紙・若き女性への手紙』	新潮文庫	一九五三年	70

第4信

石牟礼道子		『葭の渚　石牟礼道子自伝』	藤原書店	二〇一四年	
ライナー・M・リルケ	高安国世・訳	『リルケ詩集』	岩波文庫	二〇一〇年	
石牟礼道子		『天の魚　続・苦海浄土』	講談社	一九八〇年	
砂田明		『海よ母よ子どもらよ』	樹心社	一九八三年	
志村ふくみ		『ちよう、はたり』	筑摩書房	二〇〇三年	10、78、79、80
小林秀雄		「ランボオIII」『小林秀雄全作品15』	新潮社	二〇〇三年	
宮沢賢治		「めくらぶどうと虹」『銀河鉄道の夜』	角川文庫	一九九三年	
紀貫之ほか	高木市之助ほか・監修	「古今和歌集」『日本古典文学大系8』	岩波書店	一九五八年	

第5信

唐木順三		「詩とデカダンス」『唐木順三ライブラリー2』	中公選書	二〇一三年	
柳宗悦		「民藝美の妙義」『柳宗悦コレクション3』	ちくま学芸文庫	二〇一一年	
志村ふくみ		『続・織と文　篝火』	求龍堂	二〇〇四年	2
ヨハン・W・V・ゲーテ	高橋義人・編訳 前田富士男・訳	『自然と象徴』	冨山房百科文庫	一九八二年	11

近藤宏一　『闇を光に』　みすず書房　二〇一〇年　66
谺雄二　『死ぬふりだけでやめとけや　谺雄二詩文集』　みすず書房　二〇一四年　63
志村ふくみ　『色を奏でる』　ちくま文庫　一九九八年　16
田玉恵美／江渕崇／左古将規・取材　「着物に明日はあるか？」（「The Asahi Shimbun GLOBE」）　朝日新聞社　二〇一五年三月一日
白畑よし／志村ふくみ　『心葉　平安の美を語る』　人文書院　一九九七年
唐木順三　『唐木順三全集』　筑摩書房　一九六七―六九年

第6信

大岡信　講演録〈言葉の力〉「世界」　岩波書店　一九七八年一月号　15
西行　『西行全歌集』　岩波文庫　二〇一三年
石牟礼道子　『神々の村〈新版〉』（『苦海浄土』第二部）　藤原書店　二〇一四年
志村ふくみ　『つむぎおり』　求龍堂　二〇一五年　4
ポール・クローデル　渡辺（渡邊）守章・訳　「アルチュウル・ランボオ著作集の序」『筑摩世界文学大系48』　筑摩書房　一九七四年
若松英輔　〈柳宗悦　美に用いられた人〉「目の眼」　目の眼　二〇一五年―　26
志村ふくみ　『私の小裂たち』　ちくま文庫　二〇一二年
鈴木大拙　『日本的霊性』　岩波文庫　一九七二年　41
若松英輔　『井筒俊彦　叡智の哲学』　慶應義塾大学出版会　二〇一一年
若松英輔　『池田晶子　不滅の哲学』　トランスビュー　二〇一三年
若松英輔　『神秘の夜の旅』　トランスビュー　二〇一一年　6、20、49

若松英輔　『吉満義彦　詩と天使の形而上学』　岩波書店　二〇一四年

若松英輔　『生きる哲学』　文春新書　二〇一四年　39、71

若松英輔　『霊性の哲学』　角川選書　二〇一五年　56、59、61、73

池田晶子　『リマーク　1997—2007』　トランスビュー　二〇〇七年

ヴィクトール・E・フランクル　池田香代子・訳　『夜と霧　新版』　みすず書房　二〇〇二年　62

第7信

若松英輔／中村桂子　「若松英輔の「理想のかたち」 第2回・いのちの尊厳」　毎日新聞　二〇一五年 五月二三日 朝刊

高橋巖　若松英輔・解説　『シュタイナー哲学入門』　岩波現代文庫　二〇一五年　12

若松英輔　『井筒俊彦　叡智の哲学』　慶應義塾大学出版会　二〇一一年

井筒俊彦　木下雄介・解題・索引　「神秘哲学　一九四九年—一九五一年」 『井筒俊彦全集 2』　慶應義塾大学出版会　二〇一三年

イエス言行録　フランシスコ会 聖書研究所・訳注　『聖書—原文校訂による口語訳』（新約聖書）　サンパウロ　二〇一二年　36、37

ヨハン・W・V・ゲーテ　池内紀・訳　『ファウスト』　集英社文庫　二〇〇四年

井上洋治　『日本とイエスの顔』 井上洋治著作選集 1』　日本キリスト 教団出版局　二〇一五年　21、64

鈴木大拙　『禅の第一義』　平凡社ライブラリー　二〇一一年　54

明恵　高木市之助ほか・監修　「栂尾明恵上人遺訓」 『日本古典文学大系83』　岩波書店　一九六四年　52

長谷川郁夫　『吉田健一』　新潮社　二〇一四年

第8信					
河合隼雄		『明恵 夢を生きる』	講談社+α文庫	一九九五年	
白洲正子		『明恵上人』	講談社文芸文庫	一九九二年	
小林秀雄		「ゴッホの手紙」『小林秀雄全作品 20』	新潮社	二〇〇四年	
小林秀雄		「ドストエフスキイの生活」『小林秀雄全作品 11』	新潮社	二〇〇三年	
明恵	高木市之助ほか・監修	「栂尾明恵上人遺訓」『日本古典文学大系 83』	岩波書店	一九六四年	52
柳宗悦		「無有好醜の願」『柳宗悦コレクション 3』	ちくま学芸文庫	二〇一一年	24
柳宗悦		「美の浄土」『新編 美の法門』	岩波文庫	一九九五年	50
柳宗悦		『南無阿弥陀仏』	岩波文庫	一九八六年	81
小林秀雄		「近代絵画」『小林秀雄全作品 22』	新潮社	二〇〇四年	30
川端康成／東山魁夷	平山三男／水原園博・編	『川端康成と東山魁夷 響きあう美の世界』	求龍堂	二〇〇六年	
ボードレール	福永武彦・訳	「悪の華」『世界名詩集 13』	平凡社	一九六八年	
柳宗悦		「雑器の美」『柳宗悦コレクション 2』	ちくま学芸文庫	二〇一一年	25
柳宗悦		「法と美」『新編 美の法門』	岩波文庫	一九九五年	
第9信					
須賀敦子		『コルシア書店の仲間たち』	文春文庫	一九九五年	
須賀敦子		『ミラノ霧の風景』	白水社	一九九〇年	

須賀敦子		『ユルスナールの靴』	河出文庫	一九九八年	
幸徳秋水		「幸徳秋水」『日本の名著44』	中央公論社	一九七〇年	
内村鑑三		『内村鑑三信仰著作全集』	教文館	一九六二－六六年	40、44
遠藤周作		『キリストの誕生』	新潮文庫	一九八二年	
遠藤周作		『イエスの生涯』	新潮文庫	一九八二年	
高橋巖		『シュタイナー哲学入門』	角川選書	一九九一年	
高橋巖	若松英輔・解説	『シュタイナー哲学入門』	岩波現代文庫	二〇一五年	12
ルドルフ・シュタイナー	高橋巖・訳 ワタリウム美術館・監修	『遺された黒板絵』	筑摩書房	一九九六年	
第10信					
紀貫之	高木市之助ほか・監修	「土佐日記」『日本古典文学大系20』	岩波書店	一九五七年	
菅原孝標女	高木市之助ほか・監修	「更級日記」『日本古典文学大系20』	岩波書店	一九五七年	
松尾芭蕉	高木市之助ほか・監修	「おくのほそ道」『日本古典文学大系46』	岩波書店	一九五九年	
井筒俊彦	若松英輔・編	『読むと書く　井筒俊彦エッセイ集』	慶應義塾大学出版会	二〇〇九年	
志村ふくみ		『薔薇のことぶれ　リルケ書簡』	人文書院	二〇一二年	
パウル・クレー	南原実・訳	『クレーの日記』	新潮社	一九六一年	
ライナー・M・リルケ	高安国世・訳	『リルケ詩集』	岩波文庫	二〇一〇年	
ライナー・M・リルケ	谷友幸・訳	『リルケ書簡集3　遍歴時代』	養徳社	一九五〇年	
原民喜		『小説集　夏の花』	岩波文庫	一九八八年	
白洲正子		『かくれ里』	講談社文芸文庫	一九九一年	
土肥美夫		『抽象芸術探求』	はる書房	一九九九年	

ライナー・M・リルケ　手塚富雄・訳　『ドゥイノの悲歌』　岩波文庫　一九五七年　31、32、33

石牟礼道子　『石牟礼道子全句集』　藤原書店　二〇一五年

第11信

柳宗悦　「宗教とその真理」『柳宗悦宗教選集』　春秋社　一九九〇年

原民喜　『小説集　夏の花』　岩波文庫　一九八八年

原民喜　『原民喜全詩集』　岩波文庫　二〇一五年

石牟礼道子　『新装版　苦海浄土』　講談社　二〇〇四年

小林秀雄　「新人Xへ」『小林秀雄全作品　6』　新潮社　二〇〇三年

白洲正子　『白洲正子全集』　新潮社　二〇〇一―〇二年

第12信

小林秀雄　「お月見」『小林秀雄全作品　24』　新潮社　二〇〇四年

小林秀雄　「西行」『小林秀雄全作品　14』　新潮社　二〇〇三年

小林秀雄　「無常という事」『小林秀雄全作品　14』　新潮社　二〇〇三年

志村ふくみ　新装改訂版『一色一生』　求龍堂　二〇〇五年　5、9、69

志村ふくみ　『語りかける花』　ちくま文庫　二〇〇七年　34

柳宗悦　「宗教とその真理」『柳宗悦宗教選集』　春秋社　一九九〇年

若松英輔　〈岡倉天心　日本近代絵画を創った描かぬ巨匠〉「考える人」　新潮社　二〇一五年―

「鍵の海」のみの引用原典

イエス言行録		『新共同訳　聖書』	日本聖書協会		83
ブッダのことば	中村元・訳	『ブッダのことば』	岩波文庫	一九五八年	82
ブッダのことば	今枝由郎・訳	『新編スッタニパータ　日常語訳』	トランスビュー	二〇一四年	35
ルドルフ・シュタイナー	高橋巖・訳	『色彩の本質』	イザラ書房	一九八六年	13
ルドルフ・シュタイナー	高橋巖・訳	『神秘学概論』	ちくま学芸文庫	一九九八年	14
折口信夫		『死者の書・口ぶえ』	岩波文庫	二〇一〇年	18
志村ふくみ／石牟礼道子		『遺言　対談と往復書簡』	筑摩書房	二〇一四年	1
志村ふくみ		〈当麻曼荼羅縁起〉「三田文學」	三田文學会	二〇一四年冬、春号	17
道元	大久保道舟・訳注	「傘松道詠」『道元禅師語録』	岩波文庫	一九八七年	51
鈴木大拙		『仏教の大意』	法蔵館	一九九五年	42、43、58
小林秀雄		「本居宣長」『小林秀雄全作品 27—28』	新潮社	二〇〇四—〇五年	72
小林秀雄		「当麻」『小林秀雄全作品 14』	新潮社	二〇〇三年	19、60
若松英輔		『魂にふれる』	トランスビュー	二〇一二年	7、47、48、57、67、75、76、77、84
越知保夫	若松英輔・編	「小林秀雄論」『新版 小林秀雄 越知保夫全作品』	慶應義塾大学出版会	二〇一六年	28
山崎弁栄		『人生の帰趣』	光明修養会	二〇〇四年	45
井筒俊彦		『意識と本質』	岩波文庫	一九九一年	74
神谷美恵子		『生きがいについて』	みすず書房	二〇〇四年	65
岡倉天心	若松英輔・訳	『The Ideals of the East—with special reference to the art of Japan』	John Murray	一九〇三年	55

あとがき

作家の福永武彦に『意中の文士たち』と題する散文集がある。そこに彼は、堀辰雄や萩原朔太郎をはじめ、本当に愛する作家たちをめぐる文章を収めた。この本で私は「意中」という言葉を真に理解したのだが、福永がこの文字から用いるとき、対象との出会いに何か命名しがたい働きがあったことを示唆しているようにも感じられる。志村ふくみは、古くから私にとって「意中」の書き手だった。

それは単に彼女の作品を愛読したというに留まらない。現存する書き手のなかで私が、文章において真に影響を受けたと感じるのは、志村ふくみと石牟礼道子だと思う。二人は、四十年来の友人でもある。二人から私は、言葉とは何かを肉感的に教えられた。

現代人は言葉を知ろうとする。しかし彼女らの態度は違う。まず感じようとする。そして言葉を身に宿し、からだと一つになったものだけを用いる。

本書のタイトルである『緋の舟』は石牟礼さんの能「沖宮《おきのみや》」からいただいた。往復書簡を始める前、会うたびに「沖宮」をめぐって、しばしば話をしていたからである。

書簡の連載を始める前、私たちは少なくてもふた月に一度、あるときは月に数回、会っていた。数時間、時を忘れるようにリルケやシュタイナーあるいは『源氏物語』や和歌の話をした。だが、手紙の交換が始まってからはほとんど会っていない。会いたい、会うのを楽しみにしていると互いに書きながら、実際には面会していない。それが、この書簡に私たちがささげた誠実だった。

この書簡はもともと、一年間にわたって文芸誌「すばる」に連載された。公開書簡の筆運びはどうしても、通常の手紙とは異なってくる。「よそ行き」の言葉で語るようになりがちなのである。しかし、会って話したいと思う者同士が、面会も電話もしなくなれば、当然、手紙に思いを込めるようになる。それればかりか、手紙を書いていないときも相手のことを考えることが多くなる。日常ではっとするようなことがあれば、相手に伝えなくてはならない、と思う。会わないから、いのちある言葉を届けたいと願うようになる。

また、公開書簡も続けていると、当初は特定の個だった相手が、ある母集団を代表するような存在になっていく。互いに個にむかって語りかけながら同時に、未知の幾多の人々とも、つながっているような思いに包まれてくる。

さらにいえば、そこに集っているのは生者ばかりではなく、逝きし者たちもふくまれているように感じた。

ふくみ先生は、すべての手紙を肉筆で下さった。それを読みつつ返事を書き続けてきたのだが、書物となるために印刷された文面を読んだとき私は、一瞬、記されている文字を初めて読んだかのような錯覚に陥った。

手紙を手にするとは、単に文字とそこに意味されている内容を受容するだけではない。それが紡がれるに至った時も共に送り届けられる。印刷された文字は、それをより鮮烈に伝えていた。

紡がれた文字が書物になるためには、大きな働きが加わらなければならない。殊に今回はそうだった。そうした働きが肉筆とは別個の光景をかいま見させてくれたのだろう。

編集を担当してくださった求龍堂の三宅奈穂美さんは、ふくみ先生との交流も深く、また信頼も厚い。書籍化の話が出たときにふくみ先生が、すぐに名前を挙げたのが三宅さんだった。装幀は、ふくみ先生の集大成となった『つむぎおり』に続いて島田薫さんが骨を折ってくださった。彼女らでなければこれほど優美な本が出来上がることはなかった。筆者を代表して心からの感謝を贈り、また、同士としてその完成を共に喜びたい。

「すばる」での連載が実現できたのは羽喰涼子編集長の尽力があったからである。彼女は何を書くかではなく、私たちがどうしたら書き続けられるかに心を砕いてくれた。書き手は、こうした読み手が一人いるだけで言葉を紡ぎ続けることができる。ここで改めて深い謝意を表したい。

本文で「洋子さん」と私が書いているのは、ふくみ先生の娘で染織家でもある志村洋子さんである。書簡では十分に書けなかったが、先生がしばしば語っていたのは、自身から洋子さんへの影響に関してではなく、洋子さんから受けている影響に関してだった。影響は、先人から後続の者に流れるとは限らない。洋子さんには本書の完成に至るまでもさまざまな点で助言をいただいた。この場を借りて改めて御礼申し上げたい。

ふくみ先生が日頃から気にかけていたのは、アルスシムラで学ぶ人々のことだった。何かを自らで知ろうと手を伸ばす方法よりも、受け入れることの意味を伝えたいと語っていたのが印象深い。本書に記された文字が、世代をも超え、新しき学び手たちに届くのを強く願わずにはいられない。

最後に私一個として、ふくみ先生への尽きることない感謝と敬意を表し、安寧を願いながら、この本を世に送り出したいと思う。

二〇一六年　九月　六日

若松英輔

志村ふくみ
[SHIMURA FUKUMI]
滋賀県生まれ。染織作家・随筆家。31歳のとき母の指導で植物染料と絹の紬糸による織物を始める。重要無形文化財保持者（人間国宝）、文化功労者。2013年、染織の世界を、芸術体験を通して学ぶ場として、アルスシムラ設立。2014年「民衆の知恵の結晶である紬の着物の創作を通して、自然との共生という人間にとって根源的な価値観を思索し続ける芸術家」として、第30回京都賞「思想・芸術部門」受賞。2015年文化勲章受章。著書に『一色一生』（大佛次郎賞）、『母なる色』、『伝書　しむらのいろ』。作品集に『織と文』、『篝火』、『つむぎおり』、志村洋子との共著『しむらのいろ』（いずれも求龍堂刊）がある。

若松英輔

[WAKAMATSU EISUKE]

新潟県生まれ。批評家・随筆家。慶應義塾大学文学部仏文科卒業。「越知保夫とその時代 求道の文学」で第14回三田文學新人賞評論部門当選。『叡知の詩学 小林秀雄と井筒俊彦』(慶應義塾大学出版会)で、第2回西脇順三郎学術賞を受賞。その他の著書に『井筒俊彦 叡知の哲学』、『魂にふれる 大震災と、生きている死者』、『池田晶子 不滅の哲学』、『吉満義彦 詩と天使の形而上学』、『内村鑑三をよむ』、『涙のしずくに洗われて咲きいづるもの』、『生きる哲学』、『霊性の哲学』、『イエス伝』、『悲しみの秘義』、編集著書に『井筒俊彦全集』など多数。

初出

「緋の舟　往復書簡」
集英社「すばる」　2015年1月－12月号
対談「魂の言葉を食べる」
同誌 2016年3月号

緋《ひ》の舟《ふね》　往復書簡《おうふくしょかん》

著　者 ――― 志村《しむら》ふくみ
若松英輔《わかまつえいすけ》

編集協力 ――― 志村洋子

発行者 ――― 足立欣也

発行日 ――― 2016年10月27日
初版第1刷　発行

発行所 ――― 株式会社 求龍堂
〒102-0094　東京都千代田区
紀尾井町3-23 文藝春秋新館1階
TEL. 03-3239-3381　FAX. 03-3239-3376
http://www.kyuryudo.co.jp/

印刷製本 ――― 株式会社 精興社

編　集 ――― 三宅奈穂美［求龍堂］

ISBN978-4-7630-1628-7 C0095　Printed in Japan